Serie Daniel Ros 3

El peso del silencio

Jordi Sierra i Fabra

Canto, que mal me sales
cuando tengo que cantar espanto.
Espanto como el que vivo,
como el que muero, espanto
de verme entre tantos y tantos
momentos de infinito
en que el silencio y el grito son las metas
de este canto.
Lo que nunca vi,
lo que he sentido y lo que siento
hará brotar el momento...

(Últimas palabras del poema escrito por Víctor Jara en el Estadio Chile antes de su muerte)

Tengo fe en Chile y su destino.
Superarán otros hombres este momento
gris y amargo donde la traición me tiende
un freno. Sigan ustedes sabiendo que
mucho más temprano que tarde, de
nuevo abrirán las grandes alamedas por
donde pase el hombre libre para
construir una sociedad mejor.
¡Viva Chile! ¡Viva el pueblo!
¡Vivan los trabajadores!
Estas son mis últimas palabras.
Tengo la certeza de que mi sacrificio
no será en vano.

(Últimas palabras pronunciadas y dirigidas por radio al pueblo de Chile por Salvador Allende antes de su muerte)

1

La llamada telefónica se produjo a las nueve horas y siete minutos de la noche del miércoles

Me disponía a ver, por enésima vez, "Blade runner". Por la película en sí, por la música de Vangelis, por Sean Young haciendo de replicante, por un sinfín de motivos que no vienen al caso pero que tienen que ver con mi filosofía, mi pasado, mi presente y mi futuro. Incluso porque creo que las máquinas, tarde o temprano, serán iguales a nosotros y una Constitución Universal las amparará. Si un día llegasen a la Tierra los marcianos, yo les pediría asilo político. Así que a falta de marcianos, confiaré en las máquinas que nos han de liderar en el futuro.

Siempre lo harán mejor y con más lógica, por fría que resulte, que los energúmenos que nos gobiernan ahora.

Sí, me disponía a ver "Blade runner" en una noche solitaria y tranquila y lo que menos deseaba era ser interrumpido por nadie.

Así que miré el teléfono con odio y estuve tentado de no alargar la mano para agarrar el auricular.

Lo dejé sonar dos, tres veces. A la quinta saltaría el contestador automático. Podía esperarme y escuchar el mensaje para decidir si lo atendía o no. Lo malo era que muchas personas preferían colgar sin decir nada y no dejar ningún mensaje.

Y soy curioso.

Un periodista siempre lo es.

—Mierda —suspiré.

Cuatro, cinco zumbidos.

Con la mano izquierda abrí la línea un par de segundos antes de que saltara el automático, mientras en la derecha el mando a distancia del vídeo fallecía con languidez. Por el televisor, mudo, los anuncios de rigor me hablaban de lo feliz que sería yo comprando todo aquello. En ese momento una chica de no más de veinte años insistía en que ella no tenía patas de gallo y su piel era tersa y firme porque cada día se untaba con no sé que crema facial.

—¿Sí? —dije en un tono que no dejaba lugar a dudas acerca de la inoportunidad de la llamada.

—¿Señor Daniel Ros? —escuché una voz desconocida.

Una voz grave, adusta, reposada.

—Yo mismo.

—Mi nombre es Juanma Sabartés —refirió en el mismo tono—. Soy el secretario personal del señor Agustín Serradell.

Mi espalda se envaró de golpe. La mano derecha renunció al mando a distancia del vídeo mientras la izquierda agarraba con más fuerza el auricular del teléfono. Mis ojos dejaron de ver a la ninfa que se bañaba desnuda en el siguiente anuncio de la televisión. Mi cabeza se olvidó de "Blade runner".

Agustín Serradell. El hombre.

—Señor Ros —continuó Juanma Sabartés ante mi silencio—. El señor Serradell querría hablar con usted mañana por la mañana a las diez.

Esperé un "si a usted le va bien", un "si no está ocupado", o un más que cumplido "por favor", pero no hubo nada de eso. Y comprendí que no hacía falta. No con Agustín Serradell, dueño del Grupo ASP, o lo que es lo mismo, del periódico en el que escribo. Eso entre otras muchas cosas. Muchísimas. Un poder absoluto en las sombras.

A pesar de todo eso, me resistí. Una rebelión infantil.

—Suelo ponerme el cerebro un poco más tarde, señor Sabartés.

Mi agudeza no mereció la condescendencia de un comentario por su parte.

—¿Por qué quiere verme el señor Serradell? —volví a la prudencia.

—Me temo que eso no puedo decírselo, señor Ros —manifestó mi interlocutor con cautela—. Pero sí sé que es importante. Y urgente.

Estaba acorralado. Uno no le dice que no a Agustín Serradell. Y no sólo por ser periodista y free lance en su instrumento estrella, el periódico, sino por otras muchas razones. Además, probablemente ya debía imaginar que bastaría con eso para excitar mi curiosidad. ¿Quién no sabe que soy curioso? ¿Y por qué iba a decirle que no, sólo por citarme a una hora que me haría levantar antes de lo previsto?

—De acuerdo, señor Sabartés.

—Le enviaré el coche a las nueve treinta.

—No creo que sea necesario...

—El coche estará ahí —insistió de forma suave pero que no dejaba lugar a dudas acerca del tema—. Sea puntual, se lo ruego. Buenas noches, señor Ros, y gracias.

Gracias.

Un pequeño detalle.

La comunicación se cortó en origen, pero yo seguí sosteniendo el teléfono, absorto. Por la ventana abierta del televisor ahora trataban de convencerme de que el coche de

9

mis sueños y de mi vida era el de Claudia Schiffer con las bragas en la mano y toda su sonrisa de dientes teutones prometiéndome imposibles.

Dejé el auricular.

Agustín Serradell.

Orson Welles se inspiró en William Randolph Hearts para hacer "Ciudadano Kane". Pero sólo porque en aquel tiempo aún no podía conocer a Agustín Serradell.

Tardé como cinco minutos en reaccionar y darle al botón del "start" en el mando a distancia del vídeo. Y tardé otros diez minutos en centrarme y meterme dentro de la película, porque mi mente estaba dando vueltas más allá de mi cabeza.

Esto sucedió justo cuando Sean Young irrumpía en la pantalla por primera vez, con su peinado negro esculpido por un Cellini peluquero y su rostro perfecto en forma de máscara de belleza pura, con sus labios rojos, sus ojos de gata en celo y su elegancia, iluminando las oficinas de la Tyrell Corporation para aturdir al mata-replicantes con cara de dolor de estómago representado por Harrison Ford.

2

Salía por la puerta de mi piso a las nueve y treinta en punto, para esperar abajo la llegada de mi transporte, cuando sonó el zumbador de la calle. No volví a la cocina para descolgar el interfono. Bajé a pie los tres pisos y salí por la puerta. Francisco, el conserje, no le quitaba ojo al reluciente Mercedes clásico de color gris que aguardaba en mitad del vado. El chofer era aún más clásico. Seguro que lo vendían con el coche, no como la Schiffer y sus bragas.

—Buenos días, señor Ros —me saludó Francisco.

—Si no vuelvo llame a Amnistía Internacional.

—¿Qué?

—Nada, nada.

No supe si darle la mano al chofer. Nunca había tenido un chofer, con gorra y todo. Era una lastima que algunos de mis vecinos más imbéciles no me vieran en aquel momento. Cosas así son impagables. El hombre me observó y como me vio dirigirme a él y era la hora, dedujo que yo era el paquete que había ido a buscar. Retrocedió presto para abrirme la puerta de atrás de mi transporte.

—¿Señor Ros? —lo dijo mitad seguridad mitad salutación.

—Hola —fui comedido.

Me senté en aquel pequeño templo de bienestar móvil. Y me ratifiqué en mi idea de que muchos coches hacen a su dueño y viceversa. Los tomateros nuevos ricos de El Ejido al igual que los grandes empresarios sobrados, tienen Mercedes, aunque a los más incipientes les está dando por el Audi. Los ejecutivos agresivos siguen con el BMW en sus distintas gamas. Los domingueros y las amas de casa con ganas de guerra se tiran a los todoterrenos y monovolumenes para aterrorizar la ciudad con su presencia. Los niñatos optan por el quiero y no puedo, coches pequeños pero capaces de ir a ciento cincuenta por hora, y así matarse de cinco en cinco en las curvas de las noches de los viernes mientras su música makina, bakalao, dance, trash, techno o como se llame ahora fluye por las ventanillas bajadas.

Por eso yo tenía un mini.

Enfilamos calle Johann Sebastian Bach arriba, doblamos a la izquierda, buscamos Ganduxer y la Vía Augusta y nos metimos rectos en los Túneles de Vallvidrera. Yo no tenía ni idea de a dónde íbamos. Desde luego al periódico no, porque Agustín Serradell nunca aparecía por allí. Ni siquiera le conocíamos de vista. Salvo por alguna efemérides pública muy y muy esporádica, y de eso hacía no menos de diez años, era el hombre invisible. Nunca iba a actos, ni recogía premios, ni asistía a fiestas o recepciones, institucionales o no. Una suerte de Howard Hughes a la moderna.

Como cualquier leyenda hecha a si misma.

Mi chofer no hablaba. Estaba concentrado en la conducción. Y lo hacía bien, profesional, sin correr, elegante, con movimientos tan estudiados que parecían estar en simetría y perfecta concordancia con el vehículo. Quizás fuera el coche el que le conducía a él.

Pasamos los túneles, por debajo del Tibidabo, y mantuvimos la marcha hasta llegar al selecto San Cugat. El chofer salió de la autopista y a partir de ahí ya me perdí. Enfilamos una serie de calles, curvas y carreteras ascendentes que me llevaron a una montaña arbolada. Ya no tardé en ver mi más que seguro destino: una mansión oculta entre los árboles que se hizo más y más real a medida que nos acercábamos a ella.

La mansión Serradell tenía todo lo que permite tener el dinero. Era grande y hermosa, aunque clásica en exceso. Dos pisos y columnas tipo Casa Blanca en la entrada. Jardines y flores, árboles y mimo, clase y añejo buen gusto, garages para varios coches, pistas de tenis, inmensidad. La piscina debía ser olímpica, aunque por supuesto no se hallaba a la vista. Los últimos metros los hicimos por la típica senda de grava que hizo crepitar las ruedas del coche. Cuando nos detuvimos frente a la puerta principal eran las diez menos diez de la mañana.

Un hombre apareció en la entrada de la casa, aunque no bajó los siete peldaños que le separaban de mi para abrirme la puerta del coche ni hizo ademán alguno salvo el de esperar con paciente empaque. Tendría unos cuarenta años, escaso cabello, rostro afilado. Vestía un terno que si no era de Armani poco debía faltarle, aunque la ausencia de una buena percha lo hacía parecer discreto. Fue el chofer el que se dio maña en salir de su cubículo para cumplir su papel servicial. Me adelanté y yo ya estaba fuera para cuando él llegó a mi puerta. Me miró con indiferencia.

—Gracias —fui correcto.

—A sus ordenes, señor —me dijo esclavo.

Subí los siete peldaños y me encontré con la mano tendida del aparecido. Se la estreché con fuerza y él me correspondió. Eso fue una garantía. No me fio de los que dan la mano desfallecida, como si fuese un miembro agotado al borde de la inanición.

—Señor Ros —fueron sus primeras palabras—. En nombre del señor Serradell, gracias por estar aquí. Soy Juanma Sabartés. ¿Todo bien?

Se refería al corto viaje.

—Sí, perfecto.

—Por favor...

Me precedió por la casa. Si por fuera era lujosa, por dentro era un museo entre lo barroco y lo excelso. Alfombras, mármoles, cuadros, columnas, escalinatas tipo "Lo que el viento se llevó" para llevar a una utópica Escarlata O'Hara en brazos rumbo a las habitaciones del piso superior... Nuestros pasos ni siquiera resonaban. Unas veces eran absorbidos por las alfombras y otras enmudecían por simple prudencia, sin atreverse a romper aquella paz casi sepulcral.

—Si tiene la bondad de esperar aquí.

Me dejó en una sala íntima, coqueta, con un ventanal que daba a un jardín cuidado, un piano de cola y dos paredes repletas de libros, o incunables, por su aspecto antiguo. Sobre una mesita vi fotografías, antiguas. Agustín Serradell, una mujer, un niño...

No me senté en ninguna de las dos butacas. Husmeé los libros, me acerqué al ventanal, deslicé mis dedos por las teclas del piano. Me habría gustado saber tocar el piano. El ambiente perfecto. Me pregunté como sonarían los Beatles en un lugar como aquel.

A las diez en punto reapareció Juanma Sabartés.

—Señor Ros...

Era la hora.

Ni un minuto más, ni un minuto menos.

Hicimos el nuevo trayecto en silencio. La casa parecía vacía. De pronto me hizo sentir incómodo. Se convirtió en un mausoleo. ¿Que edad tenía Agustín Serradell? ¿Setenta, ochenta, noventa? De él se decían muchas cosas, y podía intuir que no todas eran ciertas, pero tampoco inexactas. Como correspondía a las leyendas. La pérdida de su hijo le volvió loco.

O tal vez fuese, simplemente, excéntrico.

Con su dinero...

Juanma Sabartés se detuvo en lo que parecía ser la entrada de un invernadero interior. La luz era cenital, brillante, pura, porque todo el contorno estaba acristalado, y por arriba se abría al soleado cielo otoñal. Cuando franqueó aquella puerta y me hizo pasar, sentí una oleada de calor, como si acabase de penetrar en una suerte de sauna programada a baja intensidad, tan sólo algunos grados por encima de la media exterior. Por entre un vericueto de plantas, algunas inmensas y otras exquisitamente bellas, todas verdes y primorosamente cuidadas, llegamos al corazón de aquel pequeño reducto. Un corazón formado por un espacio abierto con una batería de monitores, una silla, una mesita en la que se había dispuesto un abundante desayuno y una cama.

Agustín Serradell ocupaba esa cama.

Algo de todo aquello me recordó una vieja película de serie negra y la novela de que partía. El rico que vive en una burbuja de calor y el detective que suda como un cerdo mientras hablan. Tal vez luego, al salir, me encontrase con la pertinente rubia seductora.

Claro que yo no era detective, sólo periodista.

—Señor Serradell —dijo Juanma Sabartés con suavidad.

El magnate volvió la cabeza. Dejó de mirar uno de los monitores, en el que se indicaban las pulsaciones de su corazón, para centrar sus ojos en mí. Lo de la edad era infinito. Podía ser cualquiera. Agustín Serradell no es que fuese viejo, es que estaba en las últimas. Era un puro hueso recubierto de piel. Los ojos se le hundían en los cuévanos, la nariz era un garfio, las mejillas y la mandíbula un triángulo equilátero dominado por el sesgo de la frente. Y sin embargo, cuando sentí aquella mirada en mi, supe que en modo alguno era un viejo acabado o senil. Aquella era la mirada del tigre, del tiburón, del águila. Aún herido de muerte era peligroso y nunca dejaría de serlo.

—Señor Ros...

Me alargó una mano huesuda. La izquierda. La derecha la mantuvo inmóvil, con el antebrazo atravesado por una flexible cánula fijada con gasas al mismo y conectado a un gota a gota. Apretó la mía y yo no le traté como a un enfermo. También se la apreté. De pronto tuve un flash. Cierta vez pensé que mi padre y él tendrían más o menos la misma edad en caso de que mi padre siguiera vivo. Y mi padre había nacido en 1915. Por lo tanto, en ese momento, otoño de 2000, Agustín Serradell tenía 85 años.

Me estaba estudiando, y sabía que yo le estudiaba a él.

—Siéntese, señor Ros.

Fue Juanma Sabartés el que me lo pidió. Lo hice, en aquella única silla frente a la cama. Todo lo que había en la mesita del desayuno tenía un aspecto divino y apetitoso. El café humeaba, el chocolate era negro, la leche, fría y caliente, parecía recién ordeñada, el bacon, los cruasans, las pastas y galletas, el queso de varios tipos, el salmón, la tortilla de patatas, el zumo de naranja...

Y todo era para mi.

—Gracias, Juanma —despidió a su secretario personal el magnate.

El hombre se retiró en silencio.

—Sírvase, Daniel. ¿Puedo llamarle Daniel? Adelante.

Me pareció que no querer nada era casi una falta de respeto. Alguien se había tomado muy en serio mi visita. Así que le hice el honor, en primer lugar, al zumo de naranja, aunque no estaba muy seguro de que fuera correcto hablar y comer al mismo tiempo. Si es que yo tenía que decir algo, que empezaba a pensar que no sería así.

Sentí los ojos de Agustín Serradell fijos en mi y traté de parecer indiferente, dueño de mis actos. Bueno, si hubiera querido despedirme no se habría tomado tantas molestias, así que no era eso.

Empecé a darme cuenta de que tenía que preocuparme.

Muy en serio.

Recordé al líder de los replicantes muriendo en la azotea del edificio bañado por la lluvia después de salvar al Harrison Ford con su mano llena de dedos rotos. Recordé sus palabras.

"He visto cosas que vosotros ni imagináis".

Los ojos de Agustín Serradell eran iguales.

Con la diferencia de que él no se iba a morir en ese momento, aunque estaba en camino.

—Es como me imaginaba —musitó.

—¿Y eso es bueno o malo? —traté de parecer trivial aunque decidido a estar a su altura.

—Hace años que leo lo que escribe —eludió una respuesta directa—. Me gusta.

—Gracias.

—No me las de. Es sincero, fuerte, no se anda por las ramas, y por extraño que parezca en estos tiempos, honrado —hizo una pausa para ver como me sentaban sus palabras, pero se encontró con mi rostro más inexpresivo—. ¿Sabe, Daniel? Esa es la cualidad que más valoro en las personas: la honradez. Deme a alguien honrado y tendré a un ser humano íntegro. Usted parece tener un código ético peculiar. Y lo sigue. Además, no estaría aquí si no me lo hubieran confirmado, como puede imaginar

No supe que decir.

—Le he escogido por todo eso —suspiró Agustín Serradell.

Había bebido dos sorbos de naranjada. Estaba a la mitad del tercero. Tuve que engullir rápido para no atragantarme. Sostuve el vaso entre las manos y finalmente hice la primera de las preguntas del millón de dólares.

—¿Dice que me ha escogido?

—Así es.

—¿Para qué?

—Para que haga algo por mi.

No tuve que hacer la tercera, la definitiva. Mantuve un silencio expectante que mi anfitrión rompió casi a continuación.

—Quiero que vaya a Chile y busque la tumba de mi hijo.

3

El zumo de naranja se me heló en el estómago.

Tenía que haber ido más preparado. Tenía que haber esperado algo inusual. Tenía que haberme llevado la cara de imbécil, pero la única que llevaba a cuestas era la de póker. Y soy muy malo jugando al póker. Lo único que pude hacer fue mirar fijamente a Agustín Serradell como si me hubiese dicho cualquier cosa menos aquella.

Y no estaba senil, ni tan siquiera loco.

No alguien como él.

—¿Conoce la historia, Daniel?

—Sé que su hijo desapareció en Chile no mucho después del golpe de Estado de Pinochet.

—Exacto.

—Han pasado...

—Muchos años —asintió con la cabeza mientras en sus pupilas titilaba un atisbo de dolor.

—Creo que usted removió cielo y tierra para saber qué había sido de él y dónde lo enterraron.

—Lo hice, pero resultó inútil. El dinero no siempre lo puede todo. Ni siquiera buenos detectives lograron nada. La dictadura y los militares trenzaron un espeso muro de silencio en torno a todo aquello. Y le juro que... —por un momento le costó hablar, y respirar. Temí que fuera a darle algo, aunque sabía que un enjambre de médicos estaba al otro lado de los monitores, cuidándole desde una habitación próxima. Se recuperó después de apretar tan sólo levemente las mandíbulas—. Me introduje en Chile a través de varias empresas, hice negocios, busqué contactos. Si no puedes derrotar al enemigo, únete a él. Pero ni así. Santi, simplemente, "no estaba", había "desaparecido" —lo dijo con eufemismo—. Hasta que el tiempo nos pasó a todos por encima.

—¿Y que ha cambiado ahora? —seguía negándome a aceptar su petición mientras mi cabeza trataba de serenarse.

—Durante todos estos años no tuve nada, ni un indicio, ni una pista. Era como si mi hijo no hubiese estado jamás allá, como si no hubiese siquiera existido. Finalmente esa pista ha llegado.

Sus ojos seguían fijos en mi, y ahora había en ellos una mezcla de imperiosa necesidad y de soterrada súplica. Agustín Serradell estaba habituado a mandar. Nadie le discutía nunca nada. Pero sabía que lo que quería de mi no era tan sencillo como ordenarle a su secretario que saltase desde una ventana. Así que la pugna era evidente.

Por primera vez parecía necesitar a alguien.

—Escuche, yo no soy detective.

—Es periodista, que es mejor.

—¿Está seguro?

—Tal vez si hubiera enviado a alguien como usted, las cosas habrían sido distintas, pero entonces ni lo pensé.

—¿Y por qué ahora sí?

—Ya se lo he dicho: ahora tengo una pista, y no quiero arriesgarme mandando a alguien que sólo actúe por dinero. Usted tiene casta, Daniel. Es de los que cuando investiga algo, cuando tiene un reportaje, no lo suelta, y se mete hasta el fondo, llega hasta el final cómo, cuándo y dónde sea. Ese es el espíritu. Por eso le quiero a usted. Los detectives hacen un informe, cobran... Pero por mucho que se les pague no son capaces de más, salvo en las películas. Y esto es España, aquí y hoy. Yo he creado un imperio editorial, tendría que haberlo comprendido. Tendría que haberme dado cuenta de que un periodista es siempre una piedra angular en el sistema. Y yo creo en eso, se lo juro. No se lo pediría si no fuera así —había soltado una larga parrafada, y con un deje de pasión en el tono. Ahora recuperó el pulso, respiró una larga vez para vencer el cansancio que todo aquello le estaba produciendo y volvió a retomar su discurso para agregar—: ¿Que sabe usted de mi, Daniel?

—Lo que todo el mundo —hice un gesto impreciso. Seguía con el zumo de naranja entre las manos, casi como si me agarrara al vaso—. Que es un hombre que se ha hecho a si mismo, partiendo de cero, surgiendo de la nada.

—¿Sabe que tengo un cáncer de próstata, uno de colon y uno de pulmón, debidamente combinados?

—No.

—Pues están compitiendo entre sí para ver cual me lleva antes a la tumba —dijo con serenidad—. Me quedan unos seis meses de vida, tal vez un poco más si asumo que al final seré una piltrafa humana, tal vez menos si lo último que de verdad me importa en la vida se resuelve satisfactoriamente y me llega la paz final. Y eso último a qué me refiero es saber el paradero de mi hijo, qué le pasó, dónde le enterraron aquellos hijos de puta —sus ojos volvieron a titilar desde lo más profundo de los cuévanos—. Es hora de que vuelva a casa. Quiero que esté junto a su madre, y cuando yo muera, descansar también con ellos lo que quede de la eternidad.

—Señor Serradell...

No me dejó seguir. Comprendió que mi tono era de desánimo, de impotencia puesta a modo de pantalla defensiva.

—Lea esto, Daniel.

Señaló una hoja de papel doblada en tres partes y situada al otro lado de la bien surtida mesita, de la que no había tocado nada salvo el zumo. Aproveché para dejar el vaso al alargar la mano y atraparla. Era una fotocopia.

La fotocopia de un informe secreto de la CIA.

Y no era una broma. La palabra "clasificado" escrita en inglés atravesaba el margen superior derecho después de que el pertinente tampón la hubiese estampado allí en el documento original. El membrete, las siglas, el tono, todo estaba revestido del formalismo adecuado. Estaba fechado el 27 de enero de 1974 y escrito en un inglés muy académico, impersonal. Tuve que traducir el texto a medida que lo iba leyendo. Decía que tras haber sido detenido el día 7 de enero un tal Fortunato Laval, sindicalista, junto a dos jóvenes, uno de ellos español y apellidado Serradell, el primero había muerto dos días después como resultado del interrogatorio llevado a cabo por el capitán Osvaldo Reinosa. El informe hacía mención especial de la homosexualidad del fallecido, así como de la de los dos jóvenes, destacándose que mantenían relaciones unos con otros indistintamente. Los tres confesaron haber pertenecido a células comunistas y haber participado en actos de terrorismo y oposición a la cúpula militar posteriores a la toma de poder a cargo de la misma en septiembre de 1973. Se decía también que dos hombres de Reinosa, los sargentos Marcelo Zarco y Pablo Acevedes, habían estado presentes en la acción. Tras haber firmado sus declaraciones de culpabilidad...

Aunque todo giraba en torno a Fortunato Laval. Allí no aparecía nada más acerca de los otros dos.

El resto era pura jerga informativa sin valor, incluyendo media docena de tachones que impedían ver que había debajo.

Censura.

Los americanos iban a entregar documentos, probablemente los menos relevantes, y además censurados.

—No dice dónde sucedió.

—No.

—Ni que su hijo hubiera muerto —hice notar.

—¿Cree que es necesario?

Un sindicalista, comunista y maricón. Demasiado para los militares. La tortura debía haber sido aplicada con minuciosidad. Y en cuanto a "los dos jóvenes"... Pobres diablos. No, no podía quedar ninguna duda. El destino de ellos había sido el de Laval. Sólo que ellos no contaban demasiado. Santiago Serradell había "desaparecido" en Chile y allí, en aquella fotocopia, estaba la prueba.

La primera prueba.

—¿Cómo ha conseguido esto?

—Los archivos secretos de la CIA, todo lo relativo al golpe de Estado y a la ayuda americana, la implicación de Nixon y Kissinger... se está desempolvando por fin. Hay demasiadas presiones internacionales con el procesamiento de Pinochet de por medio. No van a salir todos, claro, pero de momento van apareciendo, en cuentagotas. Este verá la luz dentro de una o dos semanas. He pagado una fortuna por él, se lo aseguro.

—Cuando se haga público podrá pedir...

—Daniel, Daniel —dijo mi nombre como en un canto de pesar—. Cuando esto aparezca, los responsables ya no estarán esperando que demos con ellos. Se esfumarán. Adiós. Y si piensa que alguien va a detenerles sólo por lo que dice ese documento... ¿De verdad es tan romántico que cree en la justicia inmediata y rápida? Además, míreme. No puedo esperar tanto. Por primera vez, ahí —señaló el papel con una mano trémula—, se dan nombres, se dice quién mató a mi hijo.

—Exacto: mataron a su hijo. No hablarán nunca.

—Quiero morir en paz. Si encuentra a uno de ellos, y sólo quedan dos, podrán decirle qué hicieron con mi hijo y dónde le enterraron. Es todo lo que quiero saber. Dígaselo. Lo único que ya me importa es devolver a Santi a dónde tiene que estar.

—¿Cómo sabe que quedan dos?

—Unas meras investigaciones previas —se encogió de hombros con cansancio, revelando un nuevo fracaso—. Lo único que se sabe de Osvaldo Reinosa es que desapareció hace diez años, cuando empezaron a cambiar las cosas en Chile y Pinochet fue barrido en las urnas. Acevedes murió, pero Zarco vive, aunque tampoco se sabe dónde. La distancia es mala para las urgencias, y nadie habla con la policía o con detectives. Con la prensa puede que sí. Le daré un dossier completo. Tengo algunas direcciones, de dónde vivía Zarco y de su hermana. Nada de Reinosa. Pero es el primer paso.

—Señor Serradell —quise mostrarle la realidad, no mi desánimo—, ¿de veras cree que yo puedo encontrar a esa gente después de casi veintisiete años?

—Sí —fue terminante.

Chile. Lo inesperado. Siempre estaba dispuesto a viajar, o a investigar un reportaje, pero aquello...

—¡Sería como buscar una aguja en un pajar!

—Daniel —Agustín Serradell pareció dispuesto a incorporarse—. Le daré toda la información que he reunido en estos años, más lo que hemos encontrado estos últimos días. Podrá escribir el reportaje de su vida. Le prometo portadas y máxima prioridad. Lo que quiera. Y podrá escribir un libro. Y además puedo hacerle rico. Voy a morir solo, sin nadie. Deme usted la última alegría de mi vida y...

—Si me conoce como dice, sabrá que no soy de esos.

—Es un romántico y un idealista, un genuino loco con principios, lo sé. Pero le hablo de un reto, y a usted le van los retos. No diga que no le atrae este.

—¿Me pide que vaya a Chile, en pleno pre-juicio tras el desafuero de Pinochet el pasado agosto, con los militares en pie de guerra, el juez Guzmán poniéndoles el dedo en el ojo, el país dividido, y que empiece a hacer preguntas, buscando a un torturador y asesino y esperando que, si lo encuentro, acepte decirme el paradero de alguien a quién mató hace casi veintisiete años?

—Se lo pido cómo padre, cómo anciano moribundo, cómo jefe suyo, y cómo periodista. Tómeselo cómo un reportaje si lo quiere así. Este es su trabajo, Daniel. Por encima de todo.

—Mi trabajo...

—Su trabajo —me cortó terminate—. Y consiste en buscar la verdad y escribirla. Por eso está en mi periódico.

Tal vez me recordase que yo era suyo, en parte, que de alguna forma le pertenecía.

No podía luchar contra tantas cosas. Y aún así, lo hice.

—Es demasiado para mi, señor Serradell.

El enfermo me escrutó con sus ojillos vivos. Era lo más firme de si mismo frente a las puertas de la muerte. Me penetró hasta violarme el cerebro. Creo que sabía que lo haría, que conocía el futuro, pero no pretendió un sí forzado. Sentí una oleada de respeto inesperado cuando me dijo envuelto en dolor:

—Piénselo, Daniel, por favor. Le doy veinticuatro horas. Si me dice que no, buscaré a otro. Pero sepa que le quiero a usted, desde el primer momento ha sido así. Y de todas formas le ruego que se lleve el dossier que le dará mi secretario. Léalo. Puede que le ayude a decidirse. Conoce la historia del golpe de Estado de Chile, me consta

—Así es.

—Usted no es una persona indiferente.

—Sabe que no.

—Hace dos años, en el 25 aniversario de aquel 11 de septiembre, escribió: "Un presidente, un cantante y un escritor

resumen la tragedia de aquel Chile violentado por las armas",
y también dijo: "Hay una justicia histórica de la que nadie
puede escapar".

Me sentí atrapado. Del todo.

Justicia.

—Mi hijo murió por aquella locura y la barbarie que se
desató a raíz de ella. Ayúdeme a recuperarle, por favor. Y
ayúdese a si mismo para poder después contarlo. Llame a mi
secretario cuando haya tomado una decisión.

Me tendió la mano.

Mi entrevista con Agustín Serradell acababa de finalizar.

4

El circunspecto chofer y su Mercedes volvieron a transportarme hasta mi casa deshaciendo la ruta de la ida, primero por San Cugat, despúes por los Túneles de Vallvidrera y finalmente por la Vía Augusta y Mitre hasta la calle Johann Sebastian Bach. Bajé, le di las gracias, me cruce con una de las vecinas más chismosas y me sentí confortado como si acabase de salir por televisión y ya fuese famoso por espacio de cinco minutos.

Lo primero que hice al entrar en mi piso fue buscar el artículo sobre Chile publicado el 11 de septiembre de 1998. El párrafo al que se había referido Agustín Serradell decía: "Un presidente, un cantante y un escritor resumen la tragedia de aquel Chile violentado por las armas. El presidente Allende murió defendiendo el poder que las urnas le habían dado, en el Palacio de La Moneda. El cantautor Víctor Jara murió porque las canciones, lo mismo que los libros, son la mejor arma de la verdad. Le destrozaron las manos a culatazos y después le dispararon 44 balas, resumen del odio que sentían por él los nuevos dictadores. El premio Nobel de literatura Pablo Neruda fue la tercera de esas víctimas, aunque no muriera asesinado sino de forma indirecta a causa de todo lo sucedido. El 26 de septiembre, dos semanas después del golpe, su precaria salud ya no resistió lo que estaba viendo en su país y se quebró del todo a causa de la tristeza —¡que singular es que un artista muera de tristeza!—. Su viuda, Matilde Urrutia, al ver que empeoraba, reclamó una ambulancia que los militares, al saber quién era el enfermo, le negaron. No se habían atrevido a tocar al premio Nobel, pero no quisieron ayudarle, tal vez, a sobrevivir. Neruda murió sin atención médica y, a las pocas horas, su casa era saqueada por soldados ignorantes y estúpidos. Sus archivos, sus originales, su obra viva, quedó destrozada. Días antes ya se habían organizado quemas de sus libros por parte de los militares y los ultraderechistas en todas las universidades y bibliotecas del país. Los militares la consideraban subversiva. Por supuesto no pudieron matar su espíritu, ni su voz escrita".

Todo aquello hablaba de mi propio pasado.

Siempre he creído en la palabra, escrita o cantada.

Me enfrenté al dossier que Juanma Sabartés me había entregado al despedirme en la puerta de la mansión Serradell. Era bastante abultado. Contenía una información exhaustiva desde el año de gracia del golpe, 1973, y también a partir de enero de 1974, fecha de la desaparición de Santiago Serradell Mercader, único hijo y heredero de Agustín Serradell Montcada. El hombre.

Santiago Serradell había llegado a Chile en el verano español de 1972 —porque allí era invierno—, en plena Era Allende, movido por sus ideales y su punta de romántica juventud. Decidió quedarse un tiempo, y ese tiempo se convirtió en un año, y después, tras el golpe, en unos meses más. Ideas libertarias, entusiasmo, utopía, compromiso, veintidós años por entonces, influido por la revolución del mayo del 68 en Francia y con algo que no se decía salvo en la fotocopia del documento desclasificado por la CIA en referencia a la muerte de Fortunato Laval y que era toda una sorpresa inesperada: que era homosexual. Junto a él y al propio sindicalista torturado por aquel capitán Osvaldo Reinosa, con la ayuda de los sargentos Marcelo Zarco y Pablo Acevedes, había desaparecido también el otro muchacho, Ignacio Sequeiros, chileno, veinticuatro años, estudiante como el propio Santiago. Sólo eso. En enero de 1974 el hijo de Agustín Serradell contaba veintitrés años de edad.

Sentía un vacío en el estómago, pero me puse el doble álbum blanco de los Beatles y me senté en mi butaca favorita con todo aquello entre las manos. Lo conocía de sobras, pero allí estaba reunido con precisión periodística. El Chile socialista; los meses de crispación y crisis auspiciados por la derecha del país para favorecer el levantamiento de los militares; el golpe; Pinochet; la represión posterior, con los prisioneros del Estadio Nacional o el Estadio Chile; la Caravana de la Muerte que en octubre del mismo 73 recorrió la nación a manos del general Sergio Arellano Stark ejecutando a 75 personas con plena impunidad; la creación de la DINA —la policía secreta de Pinochet, heredera ideológica de la antigua SS nazi— en 1974; el asesinato en Washington del ex-ministro de Allende, Orlando Letelier...

La información del golpe y sus antecedentes eran exhaustivos. Las bandas armadas de Patria y Libertad ejerciendo el terrorismo callejero con su siniestra araña negra como símbolo, sus camisas azules, sus porras y sus cadenas; los artículos antigubernamentales del periódico El Mercurio, sembrando contínuas alarmas sociales; la "marcha de las cacerolas" del 2 de diciembre de 1972, con miles de mujeres acomodadas que llegaron en lujosos coches, se apearon y desfilaron por el centro de Santiago diciendo que pasaban hambre mientras sus neveras rebosaban tras acaparar la comida de las tiendas y decir luego que estaban vacías; el embargo internacional del cobre chileno impuesto por Estados Unidos; la paranoia de Nixon y de su perro de presa, Kissinger, rabioso y ansioso por acabar con el régimen socialista de Chile, un grano en su cogote; la gran huelga; el primer intento golpista detenido por el general Prats; el premio Nobel de literatura para Neruda, interpretado como un apoyo internacional para el socialismo chileno, y la vuelta del poeta a Santiago —"Recordad el horror, la sangre, la miseria vivida por España en su guerra civil"—; los planes de la CIA para derrocar a Allende; el fracasado "tancazo" del 29 de junio, a fin de cuentas una prueba para pulsar el ánimo de la gente y de los militares; la "ley de armas", mediante la cual el Ejército podía buscar y requisar armas... aunque casualmente siempre las buscasen en manos de los pobres, para que no pudieran defenderse en caso de un alzamiento militar; la huelga de los empresarios de autobuses y camiones del 26 de julio; doscientos cincuenta atentados entre julio y agosto; la dimisión del general Prats; los últimos días de Allende...

Con sólo ocho millones de dólares la CIA había financiado el golpe, y los militares chilenos lo habían ejecutado a la perfección. Un precio barato para culminar el sueño de Nixon y dar alas a una nueva dictadura conservadora en el precario equilibrio de un mundo bipolarizado en el que los países no eran más que fichas del juego. El primer gobierno socialista elegido democráticamente en latinoamérica caía a poco de cumplir tres años de vida.

Seguí leyendo. Los datos de la Caravana de la Muerte, con las atrocidades ya conocidas, llenaban varios folios. Un resumen del informe Rettig, elaborado en 1990 tras la pérdida de las elecciones de Pinochet en 1989, para evaluar la suerte de los desaparecidos, ocupaba no menos de cien. La detención de Pinochet en Londres en 1998, pasando por su regreso a Chile en marzo de 2000 y su reciente desafuero como senador vitalicio en agosto de este año, formaba el último pliego. El resto eran datos de Santiago Serradell, incluidas fotografías en las que pude ver a un chico sonriente, despierto, delgado, con el cabello largo y patillas de la época. También había una fotografía de Osvaldo Reinosa, vestido de militar. Una fotografía de veinticinco años antes. Agustín Serradell se había movido rápido.

Aquello era todo.

No se decía nada de las relaciones de Santiago y de su padre, de cómo se mantenía en Chile, de si estaba implicado en algo que facilitara una excusa para su muerte. Parecía como si su única culpa hubiese sido ser gay y encontrarse junto al sindicalista Fortunato Laval en el momento de su detención.

Qué importaba.

Para los que llevan uniforme, en una situación de crisis el resto del mundo es obsoleto.

Prescindible.

Chile era un pasaje doloroso de mi pasado, y enfrentarme a él como periodista me producía tanta o más inquietud que hacerlo como ser humano. Viajar allí, con Pinochet convertido en casi reo, y tomar parte de la historia, por extraño que pareciese, no me excitaba. Me revolvía el estómago.

Aunque sabía que, de cualquier forma, mi suerte estaba echada.

Dejé el dossier sobre la mesa y me levanté. Paré el reproductor de compactos y extraje el disco de los Beatles. Miré en mis archivos y encontré fácilmente lo que buscaba, puesto que por algo tengo mi colección por orden alfabético. Inserté el nuevo compacto y seleccioné el corte que deseaba.

La voz de Víctor Jara, cantando un poema de Pablo Neruda, se expandió por mi casa.

Yo no quiero mi patria dividida
ni por siete cuchillos desangrada.
Quiero la luz de Chile enarbolada
sobre la nueva casa construida.
Yo no quiero mi patria dividida
ni por siete cuchillos desangrada.

"Aquí me quedo". Y se habían quedado. Enterrados aunque nunca olvidados.

5

Por la tarde, en la redacción del periódico, todo bullía con la natural actividad de cada día. Entré con el paso firme, para no tenerme que quedar hablando con nadie acerca de cualquier tema de actualidad, y conseguí llegar con el cuerpo intacto hasta el Santa Santorum de Carlos, el director. No tenía lo que se dice amigos, porque tampoco disponía de un despacho que me hubiese atado a una rutina. Mi espíritu libre aún molestaba a más de uno. Fina, la nueva secretaria, se levantó para tratar de impedirme el paso, pero yo fui más rápido que ella. Ventajas de la amistad, aún con galones de por medio.

Abrí la puerta y metí la cabeza por el quicio prescindiendo de la chica.

—¿Carlos, paso?

El director del periódico estaba sentado frente a la pantalla de su ordenador, quizás escribiendo la editorial del día siguiente. Alzó los ojos y nada más.

—Pasa —me invitó.

Lo hice y cerré la puerta. Lo último que vi al hacerlo fue el rostro furioso y congestionado de Fina. Le guiñé un ojo en señal de buena voluntad y le dediqué una sonrisa de paz. No quiero dejar enemigos sueltos, y menos secretarias o telefonistas, mis ángeles.

Me acerqué a la mesa y me senté en una de las dos butaca frontales, pasando de las sillas. Me sentía cansado. Carlos continuó tecleando en su pantalla, aunque deslizó una subrepticia mirada al ver dónde y cómo aterrizaba mis huesos allí. Eso hizo que al terminar el párrafo, o movido por la curiosidad, me interpelara menos de medio minuto después, haciendo girar su silla acolchada en mi dirección.

—Estoy temblando —me dijo—. La última vez que te sentaste aquí fue para decirme que querías tomarte un año sabático.

—No me lo tomé.

—Porque ya vives siempre como en un año sabático.

Sus ironías y las mías rivalizaban siempre. Salvo cuando imponía su jefatura para encomendarme un trabajo que no deseaba y entonces el que perdía era yo. Me gusta lo que hago.

—Suéltalo —me invitó.

—Me ha llamado Agustín Serradell.

—¿Qué? —logré capturar su atención.

—Esta mañana. Ha enviado un coche a recogerme para que me llevase a su casa.

—¿Has estado en... la mansión?

—Sí.

—Coño —lo dijo sin signos de admiración, como en un suspiro. Centró en mi su mirada más sorprendida. No se habría extrañado más si le hubiese dicho que acababa de pasar un fin de semana con Sharon Stone—. ¿Y qué quería?

—¿Confidencial?

—Claro, hombre.

—Me ha pedido que vaya a Chile a buscar la tumba de su hijo.

—La hostia.

—Eso, la hostia —asentí.

Carlos se echó para atrás y apoyó la espalda en el respaldo de su asiento. Sus dedos tamborilearon un par o tres de segundos sobre la superficie de su mesa. Luego se cruzó de brazos.

—¿Cómo está? —quiso saber.

—Muriéndose.

—¿Es intuición?

—Me lo ha dicho él mismo. Seis meses.

Esta vez silbó con énfasis.

Quizás pensase en su persona. Cuando el viejo la palmase todo quedaría en el aire, el periódico para empezar. Entonces cualquier tormenta sería posible.

Agustín Serradell moriría solo.

—¿Has estado dentro de su casa, en serio?

—Sí.

—¿Es cómo se dice?

—No sé lo que se dice.

—Que es un bunker.

—A mi me ha parecido un palacio sureño aunque sin esclavos negros.

—El Howard Hughes español.

—Yo he pensado lo mismo.

—¿Para que quiere que vayas tú a Chile a hacer eso?

—Dice que no es un trabajo para un detective, que tal y como están las cosas allí, un periodista obtendrá más información.

—Tiene sentido, aunque...

—Su hijo desapareció hace más de veintiséis años.

—Exacto. ¿Por qué ahora? ¿Tiene algo que ver con el desafuero del cabrón ese?

—Ha conseguido un documento que la CIA o quien sea va a desclasificar, y el nombre de Santiago Serradell figura en él. Es su primera pista desde que desapareció.

—Así que quiere volver a reunir a la familia aquí, aunque sea en una tumba.

Sostuve su mirada. Tenía el ceño fruncido.

—¿Vas a ir? —me preguntó dudoso.

—No lo sé —le mentí.

—Es el jefe, Dan.

—Me ha prometido portadas, ha tocado mi fibra de periodista, ha dicho que podría escribir un libro, me ha tratado de tantear con dinero... Carta blanca. Es su última voluntad.

—Desde luego sería un buen reportaje —admitió.

Sabía que tratándose de eso, para él no iba a quedar la menor duda. Pero no estaba allí para discutir nada puesto que esta vez la orden, o la petición, procedía de la instancia más alta. Fui finalmente directo al tema.

—¿Sabes algo de lo que sucedió?

—¿En Chile?

—No, antes.

—¿Has venido aquí por ese motivo?

—Sí —fui sincero—. Él y tú os conocéis desde hace más o menos treinta años, según tengo entendido.

Carlos hizo una mueca con los labios y se retrepó aún más en su confortable silla acolchada. Hacía meses que no hablábamos más allá de cinco minutos, sentados y sin gritos profesionales de por medio.

—Agustín Serradell y Santiago estaban enfrentados —comenzó a decir—. Típico entre padre rico y triunfador e hijo que se siente culpable por no estar a la altura y encima tener pasta por un tubo.

—¿Hasta que punto era el enfrentamiento?

—Hombre... Hijo único, heredero, esperanzas frustradas, desilusión... Santi le salió hipioso, contestatario, rebelde, revolucionario con poster del Che incluido...

—Y homosexual.

—¿También sabes eso?

—Lo decía el informe de la CIA.

—Vaya —chasqueó los labios—. No creo que podamos decirlo si es que das con sus restos, al menos mientras el viejo siga vivo.

—Habremos de reproducir el documento en cuestión.

—¿Hay indicios en ese papel del lugar en que pueda estar enterrado?

—No. Sólo se citan el nombre de su presunto torturador y asesino, además de otros dos que pudieron colaborar.

Esta vez la mirada de Carlos fue críptica.

—No parece gran cosa.

—No.

—Ni siquiera creo que vayan a estar en sus casas esperándote, y aunque sea así, menos me imagino diciéndote dónde están sus restos.

—Lo sé.

—Debe de estar desesperado —suspiró el director del periódico.

—Cuéntame más.

—No hay mucho que contar. En el 68 y siendo universitario, le detuvieron aquí, en Barcelona, por una sentada y por manifestarse contra Franco. Ecos del mayo francés. Su padre tuvo que mover no pocos hilos e influencias para que no le pasara nada. En el verano del 69 se marchó a Estados Unidos, al festival de Woodstock.

—¿Estuvo en Woodstock?

—En el mismo paraíso —asintió Carlos—. Cuando regresó ya no hubo forma de reconducirle. Estaba como quién dice iluminado. Mente abierta y el mundo entero por límite ilimitado. Viajó a Cuba sólo por ver la tierra del Che, y después acabó en Chile, el único país socialista legal que por entonces era todo un faro libertario. Lo que tenía que ser un verano se convirtió en un año, y en otro verano, y durante el mismo...

37

—El golpe.

—Exacto.

—¿Por qué no regresó?

—Quizás creyera que no le pasaría nada siendo español. Quizás pensase que su padre y su dinero eran un manto lo suficientemente amplio como para sentirse seguro. Quizás no estuviese implicado en nada. Quizás se sintiese moralmente comprometido. Quizás estuviese enamorado. Vete tú a saber. Lo cierto es que desde la Navidad del 73 ya no hubo más noticias.

—Murió el 9 de enero de 1974.

—Cielo Santo —murmuró Carlos.

—¿Cómo sabías tú que era homosexual?

—Uno de sus novios vino a verme llorando, por si sabíamos algo. Pero de todas formas ya era algo conocido en los círculos más allegados a Serradell. Santi hacía lo que podía, cómo podía y cuándo podía, para irritar a su padre.

—De todas formas tuvo que ser duro. Su único hijo y heredero...

—Lo fue, y mucho. Agustín siempre pensó que tarde o temprano Santi se reconvertiría, volviendo al buen camino. Incluso estaba seguro de que se casaría y tendría hijos, aunque mantuviese aventuras extraconyugales gays para desahogarse. Su muerte mató sus sueños y se quedó solo.

—¿Solo?

—Ana Mercader murió a los dos años, en 1976. No pudo superar la pérdida de Santi. Ella era mayor que Agustín.

—¿Por qué no volvió a casarse para buscarse un nuevo heredero?

—Creo que tuvo alguna historia, pero no estoy seguro. Tal vez se hubiera casado en caso de llegar un hijo de camino. Tal vez. Eso ya no lo sé. Se convirtió en el tipo reservado, Urano y hermético que ha seguido siendo hasta hoy.

—Dar con ese documento le ha devuelto la vida.

—Lo imagino. Es su última esperanza. Bueno —me apuntó con un dedo—, tú lo eres.

—Me fastidia ser la última esperanza de alguien. No es justo.

—¿Crees que a Serradell le importa lo que es justo? Tiene dinero, va a morir con él, le arrebataron a su hijo y de rebote a su mujer. Sin embargo te diré una cosa: nunca me ha dicho como dirigir el periódico, ni qué hacer ni qué decir, a qué candidatos electorales apoyar o por qué o por quién hacer una campaña. Nunca. Eso vale mucho. Para mi lo es todo. Así que yo daría un riñón por ese cabrón hijoputa. Y tú también deberías dárselo.

—A mi no me pide un riñón.

—Te pide que hagas tu trabajo.

—¿Sabes lo que me afectó a mi lo de Chile?

—¿Y a quién no? Dos años antes de morir Franco... Fue como si nos mataran una esperanza.

Suspiré. Creo que me sentía molesto porque ya me veía en Chile.

Buscando una tumba.

Buscando a unos asesinos para preguntarles qué habían hecho con un cadáver después de torturarle salvajemente.

—Suerte, Dan —me deseó Carlos.

6

No había visto "La batalla de Chile" desde hacía por lo menos diez o quince años. Y no era como ver "Blade runner" y extasiarse con Sean Young o Darryl Hannah. Más bien era como volver a mi pasado, a mi juventud, y sentir la mordida del tiempo en mi alma, o en mi trasero.

La historia previa, los sueños rotos, las maniobras de Valparaiso detonantes del golpe, Allende confiando en Pinochet y diciendo que él los salvaría antes de que le dijeran que no, que Pinochet estaba precisamente detrás del golpe, traidor y asesino; el bombardeo de La Moneda, Allende con casco y armado antes de morir; la imagen de Pinochet con gafas, hermético, espeluznante como la muerte, siniestro, un efecto que ni los años ni la vejez han menguado. Dios, "La batalla de Chile" y alguna que otra película más deberían ser materias de enseñanza y visión obligadas en todas las escuelas a lo largo de la ESO.

"¿Si el presidente quiere escapar...?"

"Déjenlo. Pónganle un avión y que se vaya. Pero después... ta-ta-ta... Me lo derriban, ¿eh?"

Aquellos diálogos. La voz de trompeta del nuevo dictador todopoderoso. El militar en cuya espada de mando podía leerse la frase: "No me saques sin razón, ni me envaines sin honor".

Dos escenas de la película siempre me han hecho asomar las lágrimas. Por un lado, la del cámara que filma su propia muerte cuando es detectado por un soldado y este le dispara de cara, sin darle tiempo a apartarse. Mantener una cámara firme mientras te disparan es tremendo. Por otro lado, la del hombre que, llorando, grita: "¡Yo aquel día estuve contento, porque era un niño y me dijeron que no habría escuela! ¡Sólo eso! ¡Así que mientras yo daba saltos de alegría en mi habitación, afuera se estaba matando a toda esta gente! ¡Yo reía y cantaba mientras morían todos! ¡Y no lo sabía!".

El horror con imágenes.

Ahora yo podía formar parte de la historia. Aunque sólo fuese entrando por la puerta de atrás y escarbando un poco en la memoria.

Cerré los ojos y apoyé la cabeza en el respaldo de mi butaca. Cuando Pinochet había sido detenido en Londres el 16 de octubre de 1998, inocentemente, pero lleno de expectativas, comencé a creer en la justicia. Me sentí libre. ¿Extraño? No, no es nada extraño. Me sentí libre. El juez Garzón me devolvió algo que a veces es lo único que tenemos, y lo único a lo que podemos aferrarnos: la esperanza. En los quinientos tres días del cautiverio londinenses, después de que España pidiera la extradición, pasé por todos los altibajos posibles e imaginables. Las reuniones en la Cámara de los Lores, las votaciones para quitarle la inmunidad diplomática al dictador, cada paso adelante, cada paso atrás, las decisiones del ministro Jack Straw, la increíble oposición de la fiscalía española, anclada en las cavernas del pasado, y finalmente... el regreso de Pinochet a su país, el 2 de marzo de este año 2000, por "razones humanitarias". La escena de la llegada a

Santiago el día 3, con Pinochet en silla de ruedas, para levantarse de inmediato como si estuviese en Lourdes y hubiese merecido un milagro, me desarmaron y devolvieron al cinismo de la realidad y el escepticismo de lo cotidiano, que es lo único a lo que podemos aferrarnos a veces los mortales que nos atrevemos a pensar y tratamos de mirar el mundo de cara.

Pero después, otro juez, esta vez chileno, Juan Guzmán Tapia, nos había devuelto de nuevo la esperanza.

Con la "Caravana de la Muerte" como detonante, el 25 de abril se había iniciado el proceso de desafuero de Pinochet, para retirarle el cargo de senador vitalicio autoimpuesto por él mismo para vigilar el país que le había derrotado en las urnas y que impedía juzgarle. El desafuero era el primer paso legal de otra larga batalla sin fin aparente. En mayo, el jefe del Estado Mayor chileno, el general Izurieta, ya había comenzado a esgrimir el "malestar del Ejército" y lo "desestabilizador" que era todo aquello. Los militares pedían paz, reconciliación y olvido. Cínicos. En el mismo mes de mayo el desafuero de Pinochet era un hecho, y tras la apelación de la defensa, el 8 de agosto ya no hubo vuelta atrás. Estábamos en noviembre.

Y la batalla continuaba.

Cuando a Pinochet se le hablaba de "desaparecidos" sonreía y decía que si habían desaparecido era porque estaban hartos de sus "viejas" y se habían ido de casa.

Apagué el vídeo y el televisor cuando los créditos de "La batalla de Chile" comenzaron a aparecer en la pantalla y seguí pegado a la butaca, aplastado. No sabía muy bien qué era lo que me molestaba exactamente, ni por qué me sentía tan irritado. Tal vez fuese una reacción del subconsciente. Ahora podía hacer algo en aquella guerra. ¿Tarde? Nunca es tarde. Pensé en Agustín Serradell, enfermo y moribundo en su invernadero de cristal, en su hijo, enterrado en alguna parte de Chile, en un viaje que me prometía muchas heridas abiertas.

Nunca había estado en Chile.

Alargué la mano y descolgué el inalámbrico. Marqué el número de Ángeles y esperé. No era muy tarde, aunque ella se acostaba temprano. Su voz irrumpió en el caótico desierto de mi mente como un oasis de paz. Mi ex tenía una voz muy dulce por teléfono.

—Hola —suspiré.

Era mi señal, y ella lo sabía.

—¿Que pasa?

—Depresión.

—Ah.

Probablemente se dispuso a escucharme, sin más, sentada en su sofá, resignada. No estar juntos no significaba que no nos quisiéramos.

—¿Recuerdas que hicimos cuando supimos lo del golpe de Estado de Chile y que Allende había muerto?

—Sí.

—Dímelo.

—Lo recuerdas tan bien como yo.

—Por favor —insistí.

—¿Que te pasa?

—Necesito oírlo.

—Dime por qué.

—Quieren que vaya a Chile a hacer un reportaje

—Bien, ¿no?

—Ángeles...

—Nos echamos a llorar —se rindió.

—¿Y?

—Después hicimos el amor, a la memoria de Allende.

—Gracias —me sentí mejor.

Tantos años.

—No te metas en líos —me pidió ella.

—No quiero ir.

—Pero irás.

—Supongo que sí.

—Oye —su tono se hizo más paciente, pero sin renunciar a su eterna crítica vital, aquella oposición que finalmente nos había separado—, ¿de veras aún me necesitas para acabar de tomar una decisión que ya has tomado?

No le respondí.

—Daniel...

—¿Y Jordi? —cambié de tema.

—Ha salido con una chica.

—¿Algo serio?

—Cómo que me lo dirá —se burló a conciencia—. Sólo sé que se le cae la baba.

—Oh!

No parecía dispuesta a seguir hablando. No es de las que se cuelga al teléfono.

—Buen viaje.

—Gracias.

Ni un "llámame", ni un "tráele algo a Jordi", ni un "cuídate" final, aunque eso ya me lo había dicho implícitamente al pedirme que no me metiera en líos.

Marqué un segundo número. Podía verlo muy bien desde allí, anotado con pulcritud en la portadilla del dossier.

Al otro lado, alguien descolgó cuando todavía el primer zumbido estaba sonando por el auricular.

—¿Sí?

—¿Señor Sabartés?

—Yo mismo —dijo el secretario personal de Agustín Serradell.

7

El periódico daba la noticia en primera página, pero el texto principal estaba en el interior. El titular era conciso: "LA CIA ENTREGARA 700 INFORMES SOBRE EL GOLPE CONTRA ALLENDE". El subtitular aclaraba: "La Casa Blanca insiste que se publicarán los documentos secretos".

Los americanos, como siempre, dispuestos a hacer justicia sobre sus desmanes veinticinco o treinta años después de los hechos. Para decirle al mundo que ellos son demócratas de toda la vida y creen en esa justicia.

Los desmanes de hoy los conoceremos dentro de otro cuarto de siglo.

El texto de la noticia decía que "La Agencia Central de Inteligencia divulgará el 13 de noviembre unos 700 documentos sobre las operaciones encubiertas durante el golpe de Estado de Chile y contra su presidente, Salvador Allende". Y continuaba afirmando que "El director general de la CIA, George Tenet, que en agosto del año pasado, se había negado a divulgar dichos documentos, datados entre 1962 y 1975, por considerar que podían descubrir elementos fundamentales sobre los métodos que la Agencia hacía servir, se ha doblegado finalmente a los deseos del Asesor de Seguridad Nacional de la Casa Blanca, Samuel Berger". Bill Clinton parecía dispuesto a lavar una de las muchas camisas sucias de la política americana en el estercolero de dictadores y guerras en que habían convertido latinoamérica a lo largo del siglo XX. El remate del artículo citaba: "Entre los documentos a publicar figuran 451 informes de la CIA y 250 más encontrados en los Archivos Nacionales, el Departamento de Estado y el Consejo de Seguridad Nacional". Documentos probablemente tan censurados como la fotocopia del que yo tenía ahora en mi poder.

Setecientos documentos de un total de miles, muchos miles, quizás treinta mil o cuarenta mil o... Una punta de iceberg.

Pero en uno de ellos, por fin, Santiago Serradell.

El timbre de mi puerta no me dejó seguir leyendo el periódico del día. Me levanté, fui al interfono, lo descolgué y escuché la voz de Juanma Sabartés. Le abrí y le esperé en mi recibidor. El ascensor lo llevó hasta mi, tan elegante como el primer día, tan circunspecto, tan serio. Nos estrechamos la mano y le hice entrar en mi piso. Lo observó curioso. Supongo que se había preguntado cómo debía vivir yo, y ahora lo estaba comprobando.

En su rostro no hubo el menor cambio. Ni una transmutación, por leve que fuera.

—¿Quiere sentarse?

—No es necesario.

—¿Algo de beber?

—Tampoco, gracias.

Llevaba una cartera bajo el brazo, de piel, no muy grande, nueva. La depositó sobre una repisa llena de libros por debajo, la abrió y comenzó a mostrarme su contenido mientras hablaba.

—Este es su billete de avión Barcelona-Santiago, en primera, para mañana domingo a las veintiuna treinta. Tiene el regreso abierto. Su hotel es el Santiago Park Plaza, cinco estrellas, confortable y cómodo, céntrico, pero también discreto. Para cualquier problema, llámeme, a la hora que sea. Si no consigue un vuelo de vuelta cuando lo necesite, lo mismo. Estaré pegado al teléfono estos días, señor Ros. No dude en comunicarme lo que sea. Aquí tiene una tarjeta VISA ORO y una tarjeta American Express con gastos ilimitados. No dude en utilizarlas y no se preocupe por el dinero. Si tiene la bondad de firmarlas y de firmarme estos documentos para el banco...

Obedecí, como un autómata. Firmé las dos tarjetas y se las devolví para que él mismo las guardase en la cartera. Después firmé los papeles bancarios para legitimizar esa firma. Imaginé a los del banco puestos en fila y más tiesos que un palo mientras Juanma Sabartés chasqueaba los dedos pidiendo esto y aquello. Tal vez ya lo tuviese todo a punto el día anterior, aún antes de que yo dijese que sí o que no.

—En este sobre —continuó el secretario personal de Agustín Serradell—, tiene quince mil dólares en billetes de cien, cincuenta, veinte, diez y cinco. Son para gastos rápidos, taxis, comidas, propinas, sobornos —empleó esta última palabra con una naturalidad que me dejó helado—. No es necesario que presente ningún justificante. Algo más: aunque los dos únicos datos son esas direcciones de los Zarco, el objetivo es Osvaldo Reinosa. Él torturó y mató a Santiago Serradell, y él debe saber dónde está enterrado. Es la clave. Intente dar con su paradero.

—¿Que más da quién me lo diga?

—Zarco no era más que un subalterno. Puede que no sepa nada. Si Reinosa era militar de carrera, lo entenderá mejor. Tal vez necesite dinero ahora que las cosas se le van a torcer.

Dinero para el asesino de un hijo.

A cambio de su tumba.

Miré la cartera y sus distintos contenidos. Agustín Serradell y su perro de presa no dejaban nada al azar. Ponían una alfombra de seda a mis pies, aunque al final no me esperase un jardín de rosas.

—¿Me ha puesto un chip para tenerme localizado las veinticuatro horas del día? —me atreví a preguntar.

El hombre me miró sin mostrar ni por asomo un posible rasgo de sentido del humor.

—La corresponsal del periódico en Santiago le estará esperando en el aeropuerto —continuó—. Se llama Natalia Bravo, habrá visto alguna vez su firma en artículos enviados desde allá. Será algo más que su anfitriona. Podrá disponer de ella en todo momento. Así se moverá con mayor libertad, sin perderse, yendo directo al grano en cada oportunidad, conociendo el terreno que pisa. Será su guía y le pondrá al corriente de cuanto sea necesario. Usted nunca ha estado en Chile.

—¿Ella sabe algo? —pasé por alto el hecho de que pareciera conocerlo todo sobre mi.

—¿De lo que le lleva a usted allí? No —fue categórico—. Ni es necesario que lo sepa, salvo que usted quiera confiárselo por algún motivo. Para ella usted está llevando a cabo un trabajo de investigación, tiene plenos poderes, es su superior y debe ponerse por entero a sus ordenes las 24 horas del día.

—¿Que tal es?

—¿Que quiere decir?

—¿La conocen bien?

—Es de confianza, si es eso a lo que se refiere —aseguró Juanma Sabartés—. Capaz, trabajadora, inteligente, hábil y buena periodista. No la hemos escogido sólo porque trabaje para nosotros. El señor Serradell tiene otros intereses en Chile, pero Natalia Bravo encaja perfectamente con lo que va a necesitar allí.

—¿De qué lado esta?

—No lo sé. Como periodista es independiente, escribe bien, es objetiva. No se le conocen filiaciones políticas —cerró la cartera deslizando la cremallera con suavidad y la dejó sobre la repisa de madera. Parecía todo dicho—. Imagino que esto es todo.

—Así de fácil —suspiré.

—El tiempo es oro —se puso trivialmente vulgar.

—¿Que pasará si no doy con ese hombre o el otro sargento, y por supuesto con esa tumba?

—Confiamos en usted, señor Ros.

—¿Qué pasará?

Me miró desde una distancia infinita. La que separaba la mansión Serradell de San Cugat de mi noble aunque discreta casa de la calle Joahnn Sebastian Bach.

—Al señor Serradell ni se le ha pasado por la cabeza que pueda...

—¿Qué pasará? —insistí por tercera vez.

—Nada —se rindió—. ¿Que quiere que pase? Un hombre morirá solo, perdido, sintiéndose incompleto. Una vida de éxito arruinada por el sabor del fracaso.

Parecía un dramaturgo ensayando el diálogo para una escena cumbre.

—¿Cuanto lleva usted con Agustín Serradell?

—Veinte años.

—Es mucho tiempo.

—Me siento orgulloso de ello —manifestó elevando la barbilla unos milímetros—. Pocas personas tienen la oportunidad de trabajar al lado de alguien excepcional, y yo he tenido esa suerte.

—¿Cómo le contrató?

—Acababa mi carrera. Alguien le pasó mi expediente, calificaciones, tests... Me pareció una magnifica oportunidad, y así ha sido. Me convertí en su brazo derecho casi de inmediato. Me honró con su confianza.

Como un perro fiel.

Y sin necesidad de mover la cola. Nada.

Juanma Sabartés habría muerto por su amo.

—Ha sido un placer, señor Serradell —le tendí la mano—. Estaremos en contacto.

—Lo estaremos, señor Ros. Lo estaremos —me aseguró.

Él mismo echó a andar en dirección a la puerta.

8

El vuelo IB-6833 con destino a Santiago de Chile llegó al aeropuerto internacional Arturo Merino Benítez con más de dos horas de retraso sobre el horario previsto, después de trece horas y cuarenta y cinco minutos de travesía atlántica. En Barajas, como siempre, lo más inesperado aparecía para deleitar a los pasajeros con una incomodidad supletoria. Soy viajero. Siempre lo he sido. Pero más allá de las ocho o nueve horas que nos separan del Caribe, lo que excede a eso es una tortura, aún yendo en primera, en una butaca-cama, con todo lo que se te ocurra pedir y con una azafata de las que ya no hay en Iberia, que se ha convertido en la compañía con un personal femenino más veterano. En Chile era pasada la media mañana del lunes y el día se presentaba gris, aunque a ello contribuía la habitual dosis de polución de las grandes ciudades latinoamericanas, casi todas ellas construidas entre montañas que las aprisionaban, en valles, en lagos desecados que luego las trataban duramente, hundiéndose sin piedad, con la porquería medioambiental atrapada y sin posibilidad de escape. La inmensa cordillera de los Andes apenas se intuía con sus altas cumbres nevadas más allá del "smog".

Recogí mi maleta y salí al exterior. No le había preguntado a Juanma Sabartés cómo era Natalia Bravo, mi homóloga chilena, así que no tenía ni idea de con qué me iba a encontrar. Salí de la zona aduanera sin que nadie quisiera abrirme el equipaje y desemboqué en la sala de espera, atiborrada de expectantes personas, muchas con cartelitos reclamando a alguien.

Busqué mi nombre.

Y lo encontré detrás de un muro humano, cerca de la puerta de salida. Lo tenía en alto, escrito en letras rojas sobre el fondo blanco de un simple folio.

Natalia Bravo tendría unos treinta y pocos, era alta, atractiva, esplendida, incluso a punto de resultar sexy, ojos intensos, cabello negro, piel clara, labios gruesos, sin maquillaje y con un cuerpo lleno de agradables proporciones, aunque lo único visible eran las piernas que asomaban de la rodilla para abajo al término de su falda. Calzaba zapatos planos, y eso me indicó algo en su favor como periodista. El resto, la determinación, la fuerza, el carácter, podía intuirse con el sesgo de sus cejas, la pendiente simétrica de su nariz o el ángulo de su mandíbula.

Y también con sus manos.

Me gustaron sus uñas, cuidadas, sus dedos, largos, y la fuerza con la que estrechó la mía a la vez que se acercaba y me daba un beso envuelto en una sonrisa. Sólo uno, en la mejilla.

—Primera lección —me dijo—. Aquí sólo damos un beso, no dos, como hacen ustedes.

Se guardó el papel en el que ponía mi nombre completo, Daniel Ros Martí. Lo dobló cuidadosamente y lo introdujo en el bolsillo de su chaqueta. Seguía sonriéndome con los ojos muy abiertos y la mejor disposición. Se le notaban las ganas de quedar bien, y también las expectativas que mi visita le abría. Yo procedía del Viejo Mundo, y del lugar para el que ella trabajaba sin haberlo visto jamás. Pero al mismo tiempo, percibí su prudencia.

Quiso cogerme la maleta y no la dejé.

—No tengo el coche lejos —se encogió de hombros aceptando mi caballerosa decisión—. ¿Que tal el viaje?

—Nunca duermo en los aviones, pero ésta vez lo he hecho, así que estoy más descansado que de costumbre. Ningún problema.

—¿Quiere que le deje en el hotel, se relaja hoy, y para mañana...

—No es necesario, me bastará con una ducha y cambiarme de ropa. ¿Puedo pedirte un favor?

—Por supuesto, lo que quiera.

—¿Puedes tutearme?

—Oh! bueno, ¡claro! Perdona.

—Es que me siento raro cuando me llaman de usted.

—De acuerdo.

Ya estábamos fuera del recinto aeroportuario, caminando por el parking atiborrado de coches. La temperatura era fría pero agradable. Su coche era japonés, discreto, y estaba muy limpio. Dejamos la maleta y la bolsa de viaje en el maletero y nos acomodamos delante. Advertí algo importante para mi estabilidad: no había restos de cigarrillos ni el vehículo olía a tabaco. Natalia Bravo era una compañera: no fumaba. Nos sorprendimos observándonos de reojo una, dos veces. Al final forzó una sonrisa a modo de descarga de nervios final.

—Espero que te la pases muy bien en Chile. ¿Es tu primera visita?

—Sí.

—Me ordenaron que estuviese a tu entera disposición. Ya sabes.

—Gracias, aunque no quisiera interferir en tu vida...

—No, ningún problema —frunció la frente para dar mayor énfasis a sus palabras—. Me gusta mi trabajo. Para mi no hay horas. Será un placer colaborar contigo. Me dijeron que eras muy bueno, y con una gran experiencia, aunque ya te conocía por tus reportajes.

—¿Quién te dijo esto?

—Bueno, el hombre con el que hablé.

—A mi me dijo lo mismo de ti.

—¡Perfecto! —se echó a reír y sus dientes, muy blancos, rivalizaron con las cumbres nevadas que, en ese momento y por entre la polución, asomaron con mayor intensidad a lo lejos, como si la suciedad y las nubes se abrieran un poco.

La conversación, en el largo viaje hasta el hotel, fue trivial. Algunas preguntas de rigor. Alguna información de rigor. Santiago, a primera vista, era como la había intuido, como otras capitales que sí conocía, Bogotá, Caracas, México... Una gran ciudad, enorme, populosa, casi europea en su tono y en su forma, con rascacielos, casas de todos los estilos, grandes avenidas. Natalia iba señalándome algunos rasgos destacados.

—¿Ves ese edificio?

—Sí.

—¿Qué te recuerda su forma?

—Parece... un móvil.

—Lo es —volvió a reír—. Es el edificio de vuestra compañía de teléfonos.

Somos unos notas.

Rodamos más y más, atrapados ya por la vorágine del tráfico, tan caótico como en todas partes. Vi un coche de un militar de graduación junto al nuestro, detenidos ambos en un semáforo. Conducía él. Ninguna escolta. Era la diferencia. Allí se sentían seguros, todopoderosos. El automóvil ni siquiera daba la impresión de estar blindado. ¿Para qué? En España y con ETA de por medio eso habría sido una temeridad.

—¿Sabes qué estoy haciendo aquí? —le pregunté a Natalia.

—Un reportaje.

—¿De qué tipo?

—Chile, el momento actual, el juez Guzmán, Pinochet...

—Si sólo fuera eso, podías haberlo hecho tu misma, ¿no crees?

—Bueno, pero tu visión como español debe ser la que cuenta, no la mía, que está más implicada.

—Gracias por el tacto —sonreí abiertamente.

—Yo me siento honrada de tenerte aquí, en serio —pareció preocupada.

—Lo sé, y me alegro, pero eres periodista, como yo, así que no quiero que pienses que...

—Gracias por decir eso —asintió con la cabeza—. Supongo que sí, que me sorprendió que te enviasen, pero... tampoco es tan inusual. Y me gusta aprender. Así que puedes confiar en mi. Ya te he dicho que suelo leerte, ¿sabes?

—¿En serio?

—Tus artículos, tu columna, tus reportajes... siempre son diferentes, especiales, muy documentados y actuales. Pero lo que realmente me atrae de ellos es el estilo, más literario que periodístico.

—Gracias.

—¿Sabes lo que me gusta más de ti?

—¿Qué?

—Tu compromiso.

—Sí, supongo que no puedo olvidar según que cosas, aunque no es bueno tomar partido. Si somos periodistas hemos de ser objetivos.

—Tú eres una persona justa, Daniel Ros Martí.

Nadie del oficio me había llamado por mi nombre al completo jamás.

Y en sus labios tuvo un acento poético.

Pero ya no hubo más.

—Este es tu hotel —dijo al tiempo que acercaba el coche a la acera.

Miré el Santiago Park Plaza, cinco estrellas, pequeño, elegante, tan discreto como me había asegurado Juanma Sabartés. Las señas eran Avenida Ricardo Lyon 207, Providencia, Santiago de Chile.

Allí estaba yo.

A la busca del tiempo perdido pero no olvidado.

—Dame veinte minutos —le dije a Natalia—. Me ducho, me cambio y nos vamos a comer algo. Prefiero agotarme y meterme en cama por la noche a una hora decente o estaré con el sueño cambiado un par de días.

—Te espero, tómate tu tiempo. No hay prisa.

No, no la había.

Todavía.

9

El restaurante era discreto, confortable, y la gente comía platos únicos pero de dimensiones espectaculares, sobre todo carne. Nos sentamos en una mesa para dos, frente a frente, al fondo, y esperamos a que el camarero se nos acercara. Primero, el aperitivo. Natalia pidió un pisco sour —lo pronunció pisco sauer—. No supe si apuntarme o no.

—Es limón, pisco, azúcar y hielo —me informó ante mi duda—. Lo más habitual y popular aquí.

—¿Y el pisco?

—Licor chileno.

—Entonces una cerveza sin alcohol.

El camarero lo anotó y después hizo lo propio con los platos. Pedimos carne y aguardamos la llegada de los aperitivos. Intuí que Natalia estaba tratando de darme unas primeras clases de cultura chilena cuando me dijo:

—Podíamos haber ido a una picala, pero esto está bien.

—¿Qué es una picala? —le di el gusto.

—Un lugar típico para comer a precio bajo, pero con comida buena. No sé si querrás impregnarte de aires chilenos o si preferirás algo más internacional, al menos en lo referente a comida.

—Me gusta conocer cosas nuevas —le advertí—. En cuanto a lo otro... tendré que anotarme todas esas palabras.

El pisco sour y la cerveza llegaron al momento. Brindamos por una feliz estancia por parte mía en Chile y bebimos un sorbo. Renuncié a mojarme los labios con su bebida.

—Tiene tres partes de pisco, una parte de jugo de limón, hielo y azúcar a gusto del que lo hace. Luego se agita en una coctelera antes de servirse.

Ahora que la tenía cerca, cara a cara, pude estudiarla mejor. Era agradable, una mujer entera. Daba la impresión de estar a vuelta de muchas cosas, y también de ser libre e independiente, curtida en algunas batallas. No llevaba anillo. En realidad no llevaba ningún anillo, ni tampoco pendientes o un simple collar. Su único adorno era el necesario reloj, de oro, tan elegante como lo era ella. Volvió a apurar un segundo sorbo de su bebida típica y me miró fijamente a los ojos al decir:

—Querrás saber cosas.

—Sí.

—No me importa que hagas todas las preguntas que quieras y cuando quieras. Adelante —me invitó.

—Pinochet —le demostré que si quería podía ir al grano.

—Me suena el nombre —sonrió.

—¿Cómo andan por aquí las cosas con lo de su desafuero?

—¿Me creerás si te digo que en Chile, el tema Pinochet, sólo interesa a unos pocos?

—Me parece un poco increíble.

—Pues no lo es, en absoluto —me dijo—. La mayoría están hartos, y eso lo consideran superado. Sólo sus partidarios acérrimos andan pidiendo que se le deje en paz y los que tuvieron o tienen causas pendientes con el pasado le acosan. Para la mayoría, es algo que ojalá estuviese acabado.

—En España no tenemos esa impresión.

—En Chile sólo sale España en los informativos cuando la ETA mata a alguien. ¿No es lo mismo? Pasan muchas cosas, pero, ¿qué interesa? Al país le ha ido muy bien que Pinochet pasase el tiempo que pasó en Londres. Nos lo quitamos de encima y avanzamos. Esos quinientos días fueron importantes. Todo es muy distinto ahora. La gente está harta, se ha perdido el miedo, aunque sí es cierto que la sociedad está muy dividida. Si le preguntas a alguien que opina, muchos te dirán que lo único que le interesa es el presente y el futuro.

—No se consigue un futuro sin ajustar cuentas con el pasado. Todo lo que no se arregla bien, acaba reapareciendo.

—En eso estamos. Si Guzmán logra llevar a los tribunales a Pinochet, se habrá demostrado que existe justicia en Chile, y que los militares por fin nos dejan en paz. Pero aunque no sea así, porque el proceso sea largo y esté lleno de espinas con tantas y tantas apelaciones por ambas partes a cada decisión legal, el hecho es que ya demostramos que le plantamos cara al Tata.

Tata. Ya ni lo recordaba. El apelativo cariñoso de los partidarios de Augusto Pinochet en su país. Natalia lo dijo con ironía.

—Un escritor amigo mío que estuvo aquí en junio y escribe para niños y jóvenes, me dijo que mientras en los colegios de izquierdas sus libros eran muy leídos, en los de derechas están prácticamente vetados. Me habló de grandes diferencias ideológicas y de criterio.

—Cierto. Un ejemplo: el éxtasis y las drogas de diseño en general, están incursionando entre la juventud chilena y ya causan los primeros estragos, pero en lugar de prevenir esa plaga, la iglesia prohibe que se hable de ello. El éxtasis no existe. Pero sí existe, y cuando nos demos cuenta ya habrá miles de jóvenes metidos en ello. Daniel, no hace ni tres años que Pinochet estaba aquí manteniendo su poder omnipresente, era senador vitalicio, controlaba la vida política chilena. Ahora todo ha cambiado, pero él sigue vivo.

—Así que si se muriera os haría un favor a todos.

—Probablemente sí. Ya te digo que esta es una sociedad todavía muy dividida. Hay fuerzas contra las que todavía no se puede luchar. ¿Cuanto les costó a ustedes borrar del todo la sombra de Franco?

Era una buena pregunta. Con Aznar en el poder ni siquiera estaba muy seguro de que la sombra hubiese desaparecido del todo. Pero no se lo dije. Hablábamos de Chile.

—La democracia camina en precario, necesitamos tiempo —continuó ella—. Y por supuesto gobiernos fuertes.

Pinochet muerto. No me gustaba. La derecha aún lo elevaría a los altares. Yo lo quería vivo y sufriendo. Había proclamado que su enjuiciamiento era una farsa. Sí, con su desaparición, sus partidarios le harían santo, aunque el resto descansara en paz. Tal vez.

—¿Cual es tu postura personal, como chilena, no como periodista?

—¿Has leído algún articulo mío?

—Sí.

—Entonces ya la sabes. No hay diferencias. Creo en la democracia, pero aborrezco que estemos todo el día pendientes del pasado.

—Es que el pasado todavía está aquí.

—Ya, pero yo era muy niña cuando el golpe. Prácticamente no lo viví. Igual que los jóvenes de España que repudiaron la guerra civil y que ya hoy, en la nueva generación, para ellos Franco no es sino la prehistoria.

—Es una respuesta ambigua.

—Un hermano de mi madre murió en el Estadio Chile, el polideportivo, no en el Estadio Nacional.

—Sé la diferencia. Jara estaba ahí.

—Exacto. A él también lo llevaron abajo y le ametrallaron. Sin embargo mi propia madre ha estado todos estos años diciendo que el país ha ido bien, que está ahora mejor de lo que estuvo entonces.

—No se puede construir un país sobre la mierda.

—Ya —Natalia bajó la cabeza, aunque no parecía dispuesta a mostrar cansancio o eludir el tema.

Temí andar un poco acelerado.

—No quería molestarte —reconocí.

—No lo has hecho, tranquilo —fue sincera y rápida—. A veces yo misma me cuestiono cosas, tengo dudas. Cuando era niña, en casa no se hablaba de política. No existía. Fue al estudiar cuando todo surgió poco a poco y entonces tuve que asimilarlo. Iba al colegio y algunas amigas me decían que si los comunistas siguiesen mandando nosotras no tendríamos nada. ¿Entiendes, no? Después crecí y vi las cosas por mi misma. Odio a Pinochet, puedes creerlo. Es un asesino, y no importa que sólo matara a cinco mil personas y que, en cambio, Pol Pot asesinara a tres millones en Camboya. Me repugna la violencia y no me importa el número sino el acto en sí. Pero creo en el futuro.

Iba a decirle que en mi casa tampoco se hablaba de política, que tampoco había existido en los labios de mi padre, derrotado como republicano en su guerra, aunque sí en sus ojos, y que yo mismo no había sabido lo que era la verdad hasta los dieciséis o diecisiete años. Una eternidad silenciosa.

Aunque a tiempo de formar mis ideas como persona.

No pude hacerlo. El camarero trajo la comida. Dos platos de carne con muchos condimentos, papas fritas, verdura, tomate... Tenía un aspecto inmejorable, y además descubrí que me moría de hambre después de las habituales comidas asquerosas que te dan en el vuelo aunque vayas en primera. Los atacamos con fruición y no hablamos de nada serio hasta casi el final, cuando pedimos dos helados de postre.

Entonces comprendí que si tenía que valerme de Natalia Bravo para cumplir mi misión, era absurdo no contarle la verdad. Una pura incongruencia. Así que tomé aire y decidí incorporarla al cien por cien al equipo. Pensé que era una reacción humana, o de hombre, o profesional, y acabé diciéndome que me importaba un rábano la verdad de mi razonamiento, y también que me importaban poco las ordenes de Juanma Sabartés. Quería que estuviese enterada y punto. Por comodidad y por lógica. Iba a necesitarla.

—¿Sabes quién es Agustín Serradell?

—No.

—El dueño del periódico para el cual trabajamos.

Espero que continuara. Su rostro era ingrávido.

—No he venido a hacer un reportaje, sino a buscar una tumba —le anuncié.

—¿De quién?

—Santiago Serradell, el hijo de ese hombre. Desapareció aquí, en Chile, en enero de 1974.

—¿Desapareció...?

—Era joven, tenía ideas revolucionarias, y además homosexual. Le detuvieron junto a un sindicalista de tercera, un tal Fortunato Laval. Un capitán del Ejército y dos sargentos les torturaron y les mataron, aunque no se sabe dónde. Tal vez fue un hecho aislado —me encogí de hombros dando a entender que no sabía nada más.

No mostró excesiva sorpresa por el tema, ni tampoco por el insólito encargo, aunque sí evidenció su propia curiosidad personal.

—¿Por qué ha tardado tantos años en tratar de dar con la tumba de su hijo el señor Serradell?

—Porque hasta ahora no ha conseguido esos nombres.

—¿Y tienes alguna pista?

—Un par de viejas direcciones, aunque no es demasiado. No tengo muchas esperanzas de que esto salga bien —fui sincero.

—¿Por qué te envía a ti ese hombre?

—Cree que un periodista siempre es capaz de abrir más puertas.

Mostró una sonrisa cómplice.

—Es listo —después agregó—: ¿Cuando quieres empezar?

—Mañana. Hoy no podría. Necesito quemar la tarde y luego dormir doce horas, por lo menos. Lo malo es que no me veo con ánimo de hacer turismo, y menos caminar arriba y abajo.

—En tu hotel hay una hermosa piscina en la última planta, con gimnasio y sauna —apuntó como alternativa—. He entrevistado a un par de personas ahí, en la terracita. El agua de la piscina es caliente.

Lo imaginé. Pero era demasiado tentador. Me dormiría antes de lo previsto.

—¿Por qué no damos primero una vuelta en tu coche? —le propuse—. Me gustaría que siguiéramos hablando.

—De acuerdo —Natalia Bravo se echó a reír—. Te llevaré al Cerro de San Cristóbal, en el Parque Metropolitano. Tiene una magnifica vista de Santiago.

—¿De qué te ríes? —quise saber.

—Estaba segura de que eras un preguntón. Escribes demasiado bien y siempre andas muy informado para que no fuera así. Y a mi me gusta hablar, ¿sabes?

Me sentí bien. Sin saber por qué pero me sentí bien.

También me dije que si era por su presencia era un idiota.

Pero en ese instante me importaba muy poco.

10

La mañana amaneció exactamente igual al día anterior, nublada y fría, y a consecuencia del cambio horario y a haber dormido mis buenas diez horas, a las siete ya estaba despierto. Había quedado con Natalia a las nueve y media así que volví a la piscina cubierta de la última planta para darme un baño caliente. Era agradable, aunque compartí la estancia con dos ejecutivos agresivos dispuestos a demostrarme su buena forma. Uno hizo varios kilómetros en la cinta de correr, y el otro subió y bajó unas pesas como si se tratase de plumas. El que corría hacía un ruido infernal y el otro soltaba de vez en cuando un suspiro cargado de energía. Al otro lado de los ventanales Santiago no se diferenciaba en nada de Barcelona o Madrid. La tarde anterior, en el Cerro de San Cristóbal, una pequeña elevación a la que se accedía en coche pagando 2000 pesos, me había parecido urbana y multicolor, densa y vibrante. Ahora, embutido en el suave batín blanco de mi habitación, disfrutando de los placeres más mundanos de la vida, la impresión era aún mayor, más consistente. No se parecía en nada al Santiago que recordaba de "La batalla de Chile" o de tantos reportajes vistos en torno al golpe del 11 de septiembre de 1973. Reportajes en blanco y negro, dolor y muerte, de ese pasado que me perseguía inexorable como testigo de la historia.

Mi habitación, la 809, era confortable, y no olía a tabaco, pesada carga que soportamos los no fumadores en todos los hoteles del mundo salvo que tengan planta de no fumadores, algo imposible de hallar todavía en España. Desayuné de forma copiosa mientras leía el ejemplar de El Mercurio que el hotel servía en cada habitación en bolsas de plástico a sus clientes. El Mercurio era pro-gubernamental siempre que lo gubernamental fuera de derechas, y en la época de Allende uno de los flagelos más furiosos del socialismo. De 1970 a 1973, por ejemplo, daba noticias anunciando que habría escasez de papel higiénico. En seguida, las clases pudientes lo acaparaban todo, y a los dos días la noticia pasaba a ser cierta: no había papel higiénico. Ahora parecía un periódico normal, y seguía siendo el de mayor tirada, a 300 pesos unidad. Por supuesto que en el interior hablaba de Pinochet.

A favor de Pinochet, con mal fingida imparcialidad.

Natalia Bravo llegó cinco minutos antes de la hora. No quiso tomarse nada. Llevaba un conjunto más deportivo que el día anterior, de discreto color beige, con pantalones. Vestía bien y con gusto, así que pensé que como corresponsal de nuestro periódico no podía pagárselo y cuando nos metimos en el coche se lo pregunté:

—¿Trabajas en algo más aparte del periódico?

—Hago lo que puedo. Soy free lance, colaboro en una revista haciendo de todo, desde los horóscopos hasta fichas de cocina, y también ayudo en un programa radiofónico. ¿Por qué?

—Curiosidad.

Tuvimos que mirar en la guía de calles porque Natalia no sabía dónde diablos estaba la primera dirección facilitada por Serradell-Sabartés, la del sargento Marcelo Zarzo. Resultó estar en Ñuñoa, por debajo del mismísimo Estadio Nacional. Según su nomenclatura, eso era la comuna 10 de Santiago, el equivalente a un barrio de cualquier ciudad española. La región metropolitana de Santiago tiene 32 comunas, lo cual indica su enorme extensión.

La calle Los Avellanos no era muy larga. Detuvimos el coche cerca de la esquina más próxima al número del edificio y bajamos los dos. Hasta este momento no comprendí que iba a enfrentarme a lo que estaba haciendo, a lo que me había llevado hasta Chile. Era como si antes, aún en el viaje en avión o el día anterior paseando en coche con Natalia, no hubiera sido consciente de ello. Ahora sí.

El edificio era gris y feo, ruinoso, impersonal. Entramos por un portal y nos topamos con una mujer que llevaba una bata. Ignoraba si allí existían "las porteras", pero a mi me pareció que lo era. Al menos se cuidaba de la limpieza. No sabía el piso de Zarco, así que opté por preguntárselo a ella.

—¿Sabe donde vive el señor Zarco, Marcelo Zarco?

—¡Huy! —exclamó—. Hace mucho que ya no está aquí.

—¿Conoce su actual dirección?

—No, no señor —nos estudió con ojo crítico—. Pero pregunten en frente, en el puesto del señor Murano, que era amigo suyo. Le dábamos el correo a él para que se lo hiciera llegar, aunque hace ya años que no llega ninguna carta aquí.

Le dimos las gracias y cruzamos la calle. El puesto del señor Murano era una exigua tiendecita que no tendría más allá de dos metros de largo por dos de fondo. Vendía de todo, pero especialmente golosinas para niños. A su lado vi un tablero de ajedrez electrónico con el que estaba jugando. Alzó unos ojos cansados, orlados por dos bolsas que los hacían casi patéticos. Quizás fui demasiado brusco.

—Disculpe, estamos buscando al señor Marcelo Zarco. Nos han dicho que usted conocía sus señas actuales.

El hombre me miró con inusitada fijeza. Después hizo lo mismo con Natalia antes de volver a mi. Se tomó su tiempo. Pero por debajo de la máscara de impasible normalidad capté su embarazo, su tensión. Por puro instinto comencé a comprender que en los últimos años las ratas debían haber huido del barco, escondiéndose. Todos los que habían tenido que ver con el golpe, las torturas, los asesinatos, el pasado...

Y Zarco era uno de ellos.

—No sé dónde vive —dijo despacio.

—Usted le llevaba el correo.

—Eso fue hace mucho —hablaba despacio, como midiendo cada palabra—. Cuando ya no hubo cartas, apenas si le vi. Finalmente se mudó y le perdí el rastro. Éramos amigos cuando vivía aquí. Jugábamos al ajedrez juntos. Pero eso ya pasó.

—Escuche —traté de ser amigable—. No quiero perjudicar a su amigo, sólo hablar con él. Y puedo pagarle. Puedo pagarles a los dos. Busco información, nada más. Si sabe dónde está y puede concertar una cita, dónde sea, yo...

—Ya le he dicho que no sé dónde está —se cerró en banda, hermético—. Lo siento.

Pista perdida. Le dijimos adiós y regresamos al coche. No hablamos hasta que estuvimos dentro. Natalia fue la que rompió el silencio.

—Hay mucho miedo. Muchos de los miembros de la Caravana de la Muerte han sido detenidos y juzgados. Todos saben que tarde o temprano se irá a por ellos, en cuanto salgan a la luz más nombres. ¿Cómo consiguió el señor Serradell el de los asesinos de su hijo?

—La CIA está desclasificando documentos de aquellos años.

—Entiendo —fue a poner el coche en marcha—. ¿A dónde vamos ahora?

—Espera —la detuve.

El señor Murano caminaba por la otra acera. No nos había visto, ni a nosotros ni al coche, porque el vehículo quedaba fuera de su campo de acción. Casi nos encogimos, por si miraba en nuestra dirección. Se detuvo tras cruzar la calzada, en una cabina telefónica.

—Le está llamando a él —dijo Natalia—. Sabe sus señas.

—Eso parece.

—¿Habría forma de sonsacarle...?

—No —fui realista—. Salvo que le raptemos y le torturemos a él..

—¿Así que no se puede hacer nada?

—Ya se me ocurrirá algo. Mientras tanto...

El señor Murano no habló mucho por teléfono. Apenas un minuto. Colgó el auricular y volvió a cruzar la calzada para regresar a su puesto. Caminaba con la espalda doblada y los ojos fijos en el suelo, arrastrando los pies.

—Vámonos —suspiré.

—¿Cual es la siguiente dirección?

—La de la hermana de Zarco. Vive en una calle llamada El Olimpo, en Maipú.

Natalia silbó.

—¿Maipú? —dijo—. Eso está lejos. Muy lejos. Al otro lado de la ciudad, por el oeste. Ponte cómodo.

Me puse cómodo.

Lo que no pude fue ponerme contento.

11

Sólo por curiosidad miré el mapa de la ciudad. Natalia optó por dirigirse en dirección contraria, hacia el este, para meterse en la Circunvalación Américo Vespucio, un Cinturón que daba la vuelta a Santiago aunque la urbe seguía extendiéndose más allá de él, sobre todo por el este y el sur.

—Pronto no vamos a poder circular —lamentó mi conductora—. Estamos al borde del colapso.

—Como en todas partes.

—No sé como serán las demás partes, pero aquí... A comienzos de junio entró en vigor una norma de Vías Exclusivas, sólo para transportes públicos, micros y colectivos —me aclaró—: El micro es el autobús normal, y el colectivo es un taxi que hace la misma ruta y que puede llevar a cuatro o cinco personas pagando más, por supuesto. Según la municipalidad fue un éxito, pero en los días de vigor de la norma todos los particulares hemos de circular por calles adyacentes, porque esas Vías Exclusivas nos están prohibidas, y claro...

—Creí que llamabais guagua a los autobuses, como en muchos partes de latinoamérica.

—Aquí una guagua es un bebé que gatea —me sonrió.

Tardamos casi una hora en llegar a Maipú, y otros diez minutos en localizar la calle El Olimpo, que desde luego no tenía nada de morada de los dioses. La casa de la hermana de Marcelo Zarco era individual, una sola planta, con un pequeño y no muy bien cuidado jardín rodeándola. Pero en modo alguno podía interpretarse como que nadaran en la abundancia. Tener una casa propia con jardín no siempre es sinónimo de bienestar. Le faltaba una capa de pintura y otros arreglos varios. Detuvimos el coche delante mismo, pero en la otra acera, y bajamos para enfrentarnos a mi segunda y última pista.

Si también fallaba, quizás tuviese que regresar antes de lo previsto.

Me imaginé diciéndole a Agustín Serradell que no había sido posible.

Y me sentí más frustrado, más impotente, más furioso.

Llamamos al timbre exterior sin que nadie nos abriera. Entramos dentro, franqueando la puerta de madera enrejada que nos llegaba a la altura de los ojos, y repetimos la llamada en la de la casa con el mismo resultado. Cuando comprendimos que no había nadie, y que tampoco teníamos a nadie a quién preguntar, regresamos al coche.

La espera podía ser larga.

Busqué un tema de conversación para quemar aquel tiempo. Y fue extraño. Cuestión de sintonías mentales. Yo pensaba en Natalia, y en sí tendría a alguien, y de pronto fue ella la que, a modo de eco de mis pensamientos, me preguntó:

—¿Estás casado?

—Separado.

—¿Hace mucho?

—Sí, una eternidad.

—¿Hijos?

—Uno.

—¿Le ves a menudo?

—Siempre que puedo, aunque viajo bastante.

—Con suerte lo mismo pinchas aquí.

—¿Pincho?

—Ligas. Aquí pinchar es lo que en España llamáis ligar. Ya sabes.

Sabía.

Se tomó unos segundos de pausa así que me tocó el turno a mi.

—¿Y tú?

—Yo paso de ataduras. Me gusta mi trabajo, y no es fácil de compaginar con una pareja. Ni siquiera tengo a nadie. Amo mi libertad. Soy ambiciosa.

—Todos lo somos, pero pocos lo reconocen tan abiertamente.

—Yo sí. Lo malo es que a veces las cosas tardan en llegar.

Sentí su furia. Me llegó de forma nítida, directa. La furia de la desesperación.

—¿Te molesta tener que estar ayudando a alguien como yo a hacer un trabajo que ni siquiera es periodístico?

—No. Creo que se aprende de todo.

—Es que hoy... te noto un poco seria.

—Perdona —me miró con expresión amable, casi dulce. Era hermosa cuando sonreía, pero sus facciones se endurecían cuando estaba seria—. Es que anoche no dormí demasiado. Me dio por pensar en nuestra conversación.

—¿Qué conversación?

—Chile, Pinochet, cómo estamos, lo que yo creo...

—No pretendía incomodarte.

—Y no lo hiciste —me tranquilizó—. Más bien soy yo. Siempre he sido una rebelde, pero a veces no en causas que realmente lo merecen. En ocasiones, y esta es una de ellas, me siento ahogada —volvió a mirarme a los ojos—. ¿Puedo hablarte con franqueza, verdad?

75

—Sí.

—De colega a colega. Imagino que tú puedes entenderme.

—Te entiendo —aventuré.

—Es como... como si gritara en silencio —me dijo.

—Cada cual grita como puede.

—Entrevisto a muchas personas, trato de penetrar en su alma y en su mente, absorber su energía. Busco la forma de aprender.

—¿Por qué no escribes un libro?

—¿Tú lo has hecho?

No quería revelarle mi secreto a una desconocida, lo de mis novelas con el seudónimo de Jordi Sierra i Fabra, el misterio, pero tampoco decirle que no sin más.

—Algo he hecho —manifesté sin traicionarme—. Y es liberador. Quizás pudieras encontrar otro camino.

—No busco sólo dinero, ¿sabes? Necesito algo más.

—En nuestro trabajo nunca se sabe cuando aparece la oportunidad.

—La gran exclusiva —suspiró.

Pensé en el libro que Agustín Serradell me había insinuado que podría escribir. Si lo hacía, la necesitaría. Fue un disparo mental. Yo hacía novelas policiacas, no docudramas a lo Truman Capote o Norman Mailer. Ni siquiera me veía viviendo allí un par de meses si buscaba más ambientación o documentación.

Seguía pesándome en el alma el caso, la búsqueda, sin saber por qué.

¿Mi sexto sentido, mi intuición?

—Esta noche te llevaré a un local —me rescató de mi abstracción Natalia—. Creo que ahí verás el Chile que quieres o que esperabas encontrar.

—¿Qué Chile crees que...?

—El Chile anti-Pinochet, alzado contra la injusticia, libertario, de izquierdas, popular.

—¿Existe realmente?

—Oh! sí.

—Ayer dijiste que no, que la gente sólo quería vivir en paz.

—Bueno, también te dije que los partidarios del Tata hacen mucho ruido y que los antipinochetistas hacen más. Pero tú no has venido a ver a estos últimos, sino a los primeros. Seguro que fuiste un joven revolucionario, cabello largo, espíritu independiente. Querías cambiar el mundo.

—Sí —reconocí.

—Y ahora eres uno de esos paladines de las causas justas, ¿verdad?

—No lo sé, pero me fío más de una persona honrada que del resto de la humanidad. Odio la estupidez humana, la violencia, la injusticia, la intolerancia. Y odio a todos los dictadores que han impedido la paz de sus pueblos por la vía de las armas. Aún soy incapaz de ver un uniforme sin echarme a temblar. Para mi, un uniforme es poder, y el poder está para ser ejercido. Carlos Fuentes dijo una vez: "Todos los horrores del mundo vienen de la incapacidad para imaginar a los demás". Nadie imagina. Cada cual se ve en el espejo de su propio yo.

—¿Luchaste contra Franco?

—Me fichó el Tribunal de Orden Público a los 18 años. Pero a pesar de todo ello, nuestro Pinochet murió en la cama.

—Nadie olvida, pero yo quiero mirar hacia adelante. ¿Es eso malo?

No pude responderle. Una mujer de mediana edad y una adolescente se detuvieron frente a la entrada de la casita, la atravesaron y llegaron a la puerta interior. Una vez abierta con su llave penetraron dentro.

Natalia y yo bajamos al unísono.

La hermana de Marcelo Zarco se nos quedó mirando cuando se encontró con nosotros. Aún llevaba puesta la chaqueta con la que acababa de llegar de la calle. Por detrás de ella vi a la adolescente, de entre dieciséis y dieciocho años, muy seria. No era precisamente una chica guapa, aunque sí estaba muy desarrollada, de ahí que no supiera calibrar su edad.

—¿Qué quieren? —nos espetó en tono muy poco amigable.

—Hablar con su hermano, Marcelo Zarco.

Le cambió la cara, de forma mucho más ostensible que al señor Murano. Tardó tres segundos en digerir la pregunta.

—¿Para que quieren verle?

—Para darle un dinero.

—¿Qué dinero? ¿De qué está hablando? ¿Quién es usted?

La adolescente, por detrás de ella, nos observaba ahora con el rostro muy serio, expectante, apoyada en la pared y con los brazos cruzados.

—Soy periodista, señora. Acabo de llegar de España. Sólo quiero hablar con su hermano, y hacerle dos preguntas.

—¿Qué preguntas?

No podía mentirle, ni decirle que una era sobre la tumba del muchacho que él había torturado, así que fui por el otro lado.

—Saber el paradero de Osvaldo Reinosa.

Se puso pálida. La adolescente apretó las mandíbulas. Al darse cuenta de que miraba a su espalda la mujer volvió la cabeza.

—¿Y tú que haces aquí? —le gritó—. ¡Anda ya para adentro y pon agua a calentar!

La chica se sobresaltó y pareció retirarse. Fue un espejismo. En cuanto la hermana de Marcelo Zarco se dio la vuelta para continuar con nosotros, ella se detuvo al amparo de una puerta y continuó escuchando fuera de su vista aunque no de la nuestra. Opté por no volver a traicionarla.

—Oiga —la mujer me apuntó con un dedo amenazador—. No sé quién es ese hombre, ni sé dónde para mi hermano. Hace mucho que no le veo.

—Ese hombre era el superior de Marcelo Zarco en 1974
—le dije yo.

—¿Y qué? —se puso brazos en jarras, ahora más agresiva
que defensiva—. Mi hermano no era más que un soldado
obedeciendo órdenes. Ni siquiera sé en que anduvo en esos
días, ¿o cree que todo el mundo va por ahí contando sus
cosas?

—Sólo quiero verle —traté de tranquilizarla—. Le repito
que puedo darle mucho dinero por esa información. Nada
más. Esto ni siquiera va con él, se lo aseguro. Es...

—¡Váyanse!

Nos cerró la puerta en las narices.

12

El local se llamaba Cuatro & Diez y su nombre era un homenaje a Luis Eduardo Aute y a su canción. Los tapetitos de papel de colores de las mesas rezaban: "Date prisa que ya son las... Cuatro & Diez". Natalia había insistido en que fuéramos temprano para poder sentarnos en una de las pequeñísimas mesas de la parte del escenario. Y lo conseguimos. Ocupamos una junto a la pared y la ventana que daba a la calle Antonia López de Bello. Una calle ruidosa, animada, llena de pequeños bares y locales como aquel, con música en vivo.

—¿Que tal? —me preguntó ella.

Supe a qué se refería. El escenario era diminuto, con capacidad, como máximo, para dos personas apretadas. Allí no había conciertos de rock. Allí era el marco idóneo para un cantautor armado tan sólo de su guitarra y su voz. Y me bastaba con ver la "decoración" para saber que clase de cantautores podían desfilar por allí. Por encima destacaba una bandera del FSLN nicaragüense, el Frente Sandinista de Liberación Nacional, roja y negra. En la parte de la derecha un poster de Víctor Jara con su inconfundible sonrisa y la guitarra en las manos. En la parte de la izquierda otro mucho más grande, del Che, de cuerpo entero. En medio destacaba el anagrama del club flanqueado por las imágenes grandes de dos mujeres de espaldas, una en bragas y otra con el trasero al aire. La gente también era característica, cabello largo, barbas, vestimentas informales.

Se me erizó el vello del cuerpo.

Para mi, era como volver por el túnel del tiempo a la España de 1975 a 1978, más o menos.

—Mágico —fue lo único que se me ocurrió decirle.

—Pues espera y verás.

Pedimos cervezas para beber y la cena que habíamos ido a tomar allí, platos típicos y variados, con lo cual le dejé a Natalia la elección. Ya me había hablado de "una sorpresa", pero era más que eso. Cuando a los treinta y cinco minutos apareció el cantante, Marcelo Ricardi, el local ya estaba lleno a rebosar. Ricardi era alto, cabello alborotado y barba. Debía ser popular, al menos en el Cuatro & Diez, porque fue recibido con gritos y aplausos. Natalia era una de las que gritaba, así que me sorprendió. Su imagen de mujer firme, elegante, periodista ambiciosa y prudente en sus reflexiones políticas se me transmutó, revelándoseme como casi todo lo contrario. Allí tenía a una compañera, inquieta, rebelde, comprometida. Nada más comenzar Ricardi la primera canción se puso a corearla, así que la sabía. Aquella tal vez fuese como una casa para ella.

Y la canción no era precisamente de amor. Su estribillo decía:

Comandante, Comandante Che Guevara
que limpia es tu mirada
me despeja el porvenir.
Comandante, Comandante Che Guevara
cuanto alta está tu vara
y te vamos a seguir.

En los siguientes minutos, la sensación de estar en España tras la muerte de Franco se acentuó hasta el punto de hacerme daño.

Yo también me puse en pie para gritar "¡Pinochet, asesino! ¡Pinochet, asesino!" cuando el público lo hizo. Y coree aquellos viejos lemas casi olvidados, tan primitivos, como "El pueblo unido jamás será vencido" o el estribillo de "Te recuerdo Amanda" de Víctor Jara. Cantos y gritos, vida pasada, no perdida, y emoción. De pronto, por primera vez, supe que estaba en Chile.

De pronto, por primera vez, supe que no podía regresar con las manos vacías y decirle a Agustín Serradell que su hijo seguiría enterrado en alguna parte de aquel país.

De pronto toda mi rabia volvió a mi.

Natalia me cogió la mano cuando Marcelo Ricardi preguntó si el mundo miraba a Chile. No se le ocurrió otra cosa que decirle que sí, que yo era español y que estaba allí para apoyarles. El cantante de Cuatro & Diez me miró y me dijo:

—Salude al juez Garzón de nuestra parte, compañero. ¡Viva España!

Y todo el público empezó a aplaudir, y a cantar de nuevo.

—¿Que tal si "desalambramos" un poco? —preguntó Marcelo Ricardi.

Natalia reía.

—¿Es lo que esperabas? —me preguntó.

—No tanto —fui sincero aunque sin llegar a decirle que para mi todo aquello formaba parte de mi juventud—. Sueles venir por aquí, ¿verdad?

—Sí.

—Creía que estabas entre dos aguas.

—Siento haberte dado esa sensación, aunque... todo lo que te he dicho es cierto. Puede que aún no sepa realmente quién soy y me ande buscando.

Nos quedamos a escuchar el segundo pase de Ricardi, y antes de él, se presentó en nuestra mesa. No hablamos demasiado, todos le reclamaban. Natalia se levantó y regresó con su disco, un CD titulado "Nada perfecto". Hizo que me lo dedicara. Me puso: "Escribir es un don, leer también, pero vivir supera todos los dones. El hombre pleno vive siempre. Un gran abrazo trovadoresco".

Cuando salimos del Cuatro & Diez yo estaba borracho de sensaciones.

Había otros borrachos, y de alcohol. Por suerte estábamos ya en el coche de Natalia. Dos grupos de chicos empezaron a tirarse botellas de un lado a otro de la calle. Salía del paraíso libertario y de pronto me encontré con la realidad de la violencia callejera y urbana. Natalia aceleró para escapar de un posible problema.

—Estos lolos choros ya han adelantado el carrete para darle machuca —lamentó ella.

—Traduce.

—Perdona. Un lolo es un adolescente, un choro es un chico belicoso, un carrete la fiesta del viernes o el sábado por la noche, y darle machuca... Irse de juerga lo llamáis en España, ¿no?

La pelea quedó atrás.

—Quiero que veas algo —me dijo Natalia.

Enfiló por una calle de aspecto apacible y tranquilo, sin salida por el otro extremo. Luego me señaló una casa, a nuestra izquierda. No lo esperaba así que cuando volvió a hablar me pilló con la guardia baja.

—Aquí vivía Neruda en Santiago.

No pude decir nada.

Sólo mirar aquel edificio, por fuera, mientras ella hacía la maniobra para salir de la calle. Cuando volvió a acelerar su voz se llenó de reverberaciones.

—Eres un romántico.

—Supongo. Crecí con el "Canto general" de Neruda. Ni siquiera recuerdo como lo conseguí.

—¿Querrás hacer turismo antes de irte?

—Quiero ver La Moneda.

—Claro.

Conducía tranquila, fuera de la zona de marcha santiagueña, aunque ya era bastante tarde y me sentía cansado, lleno de sueño, en mi segunda noche en la ciudad. Necesitaba una cama, y dormir otras diez horas.

—No crees que lo consiga, ¿verdad?

—¿Encontrar a esos hombres y que te digan dónde enterraron al muchacho? No —fue sincera.

—No voy a rendirme —le aseguré.

—Lo imagino, y empiezo a pensar que debajo de esa frialdad y esa forma tranquila de actuar hay algo más, así que... puede que si alguien sea capaz de lograrlo, ese seas tú.

—Gracias.

—Esta noche nos hemos descubierto un poco más.

—Yo diría que del todo.

Natalia detuvo el coche en un semáforo. Lo aprovechó para mirarme.

—¿Qué hacemos mañana?

—Lo he estado pensando —rezongué—. Podríamos volver a ver al señor Murano, o seguir un par de días a la hermana de Zarco, pero no hay mucho tiempo, y ese es el problema. De todas formas tengo una intuición.

—¿Cual?

—Esa chica, la que vimos en casa de la hermana de Zarco. Debe ser su hija.

—¿Y que intuición es la que tienes?

—Conozco el color de su mirada.

—¿De qué color es?

—Rojo.

—¿Crees que ella...?

—No lo sé, pero es todo lo que tenemos por ese lado.

—Así que mañana volveremos allí.

—Antes quiero tratar de ver a Juan Guzmán Tapia.

Logré sorprenderla. Ahora su mirada estuvo acompañada de su boquiabierta expresión.

—¿Quieres ver... al juez Guzmán?

—Por intentarlo...

Llegamos a mi hotel en menos de cinco minutos. No supe si darle la mano o despedirme a la francesa. Pero habíamos estado cantando canciones y frases libertarias toda la noche. Eso nos hermanaba de alguna forma. Así que fue ella misma la que se acercó a mi y me dio un beso en la mejilla. Uno sólo. Costumbre chilena.

—¿Te recojo a las nueve?

—Que sean las diez.

Lo último que vi de ella fue su sonrisa alejándose dentro de su coche.

13

Juan Guzmán Tapia, el juez que tenía a Pinochet contra las cuerdas desde su despacho en la Corte de Apelaciones, me recordaba a un viejo profesor de filosofía que me había dado clases a los quince años. Supongo que sólo por eso me habría caído igual de bien, aunque no hubiese sido el Garzón chileno, el flagelo del dictador; pero el hecho de ser quién trataba de poner a Pinochet en el banquillo de los acusados me producía una reverencia plena. Sabía que no tenía muchas oportunidades de poder verle, pero era un disparo tan al azar como otro cualquiera. Y contaba con una pequeña sorpresa a mi favor: una copia de la fotocopia del documento desclasificado por la CIA que ahora llevaba en mi bolsillo.

Natalia fue puntual por segunda vez. Tampoco quiso tomar nada en el bar de mi hotel y salimos en su coche rumbo a la Corte. Seguía vistiendo de forma elegante y discreta, aunque ésta mañana parecía distinta. Quizás por lo de ir a ver a Guzmán. Llevaba un collar que flotaba sobre la blancura escotada de su piel. La blusa era ceñida, así que el pecho se mostraba firme y rotundo bajo la misma, con un sujetador de encaje que trenzaba el rasgo de la puntilla en la seda.

—Sabes que será difícil que podamos verle, ¿verdad?

—Soy plenamente consciente —aseguré.

—Tu juez Garzón estaba muy solo, pero Guzmán aquí está todavía peor.

—Garzón no estaba solo —dije yo—. Únicamente tenía a los impresentables de mi Gobierno torpedeando sus acciones y al fiscal jefe de nuestra Audiencia Nacional, Eduardo Fungairiño, en franca oposición y apoyado por Cardenal, el mandamás de turno.

—La política es el amparo del poder.

—Natalia, que aún se discuta si Pinochet es inocente o culpable me parece una vergüenza, una tomadura de pelo. Aparte del golpe en sí, de los documentos y testimonios, la "Caravana de la Muerte" es un hecho probadamente claro. Me recuerda a Al Capone, al que encerraron por evasión de impuestos y no por sus asesinatos, pero al que encerraron de todas formas. Guzmán le acusa de 56 homicidios y 19 desapariciones relacionadas con la caravana. ¿No es suficiente? Nunca olvidaré el día en que Pinochet se hizo senador vitalicio y se presentó en vuestro Parlamento. Los diputados de izquierda lo saludaron con retratos de los desaparecidos, y él, desde su soberbia y cinismo, desde su arrogancia y desprecio, se los miró como si fueran residuos de otro tiempo, sonriendo fuerte, burlándose de una forma...

—Pasión española —comentó Natalia.

—Más bien cabreo solidario.

—¿Has leído "Los zarpazos del Puma", de Patricia Verdugo?

—No.

—Deberías hacerlo. Explica de qué forma el general Sergio Arellano Stark y sus hombres, el coronel Sergio Arredondo González, el brigadier Pedro Espinoza Bravo, los torturadores Marcelo Morén Brito, Armando Fernández Larios y Juan

Chiminelli, llegaban a sus destinos volando en helicópteros Puma y se presentaban a las guarniciones militares establecidas en ellos. Con un documento que los acreditaba como oficiales delegados de la Junta de Gobierno y del general Pinochet, pedían las listas de prisioneros dispuestos a hacer limpieza. Nada de condenas suaves. Nada de libertad para volver a la carga. Seleccionaban a sus víctimas, las torturaban durante días de forma despiadada, y después los enterraban en fosas comunes. Si el general Joaquín Lagos no hubiera frenado a Stark, obligando a que los cuerpos de algunos muertos fueran devueltos a sus familiares, la caravana habría seguido por todo el país, sembrando de más y más cadáveres su triste recorrido. Guzmán ya ha detenido a casi toda esa gente, pero, por ejemplo, Fernández Larios vive hoy retirado y protegido en Estados Unidos, tras haber colaborado en la investigación del asesinato de Orlando Letelier en Washington, acción en la que él mismo intervino junto a Espinoza Bravo. Morén Brito era el jefe del centro clandestino de tortura de Villa Grimaldi. Todo eso y más, creo que hasta unos 11 volúmenes de datos e información, es lo que tiene ahora mismo sobre la mesa Guzmán para procesar a Pinochet. Y aún así...

Recordé las 44 balas disparadas sobre Víctor Jara en los sótanos del Estadio Chile, después de que le machacaran las manos a culatazos mientras le gritaban: "Toca la guitarra ahora, huevon. Canta ahora, huevon", y se me revolvió la conciencia.

Guzmán, desde enero de 1998, apenas dos meses y medio después de la detención del dictador en Londres solicitada por el juez Garzón, tenía también sobre su mesa más de 180 denuncias contra Pinochet, a partir de la primera presentada ese mes por la secretaria general del Partido Comunista de Chile, Gladys Marín, viuda de un detenido-desaparecido. Claro que ese mismo hombre de 62 años, el ahora heroico

Juan Guzmán Tapia, había sido el juez instructor de la causa que prohibió en Chile la exhibición de la película de Martin Scorsese "La última tentación de Cristo". La iglesia en determinados momentos seguía siendo más poderosa que los militares.

La Corte de Apelaciones estaba literalmente rodeada, tomada por los partidarios de Pinochet por un lado y por los detractores en el otro. La posible inminencia de la decisión de procesar a Pinochet o sobreseer el caso, los soliviantaba a todos. Los primeros esgrimían fotografías del anciano general sonriente y benévolo. Las sostenían manos de mujeres elegantes, hombres mayores y jovencitas de clase alta que habían nacido, crecido y vivido bajo el amparo y la bonanza de que habían disfrutado tras la desaparición del socialismo. Pedían a gritos la libertad del santo, el respeto, la legitimidad de la dictadura. Pinochet a los altares. Frente a ellos, abuelas, abuelos, madres, padres, esposas, maridos, hijos e hijas de desaparecidos —la palabra "desaparecido" es tan burda e ignominiosa—, con sus retratos al cuello, exigiendo saber dónde estaban y reclamando una justicia que se les hacía más y más eterna. Me recordaron a los hijos de la nada. Voces clamando en un desierto del que, por fin, se había hecho eco todo el mundo civilizado.

Aunque impotente todavía.

—¿Cómo entraremos ahí? —se alarmó Natalia.

—Por la puerta. Nosotros no nos manifestamos.

Cruzamos por entre las dos mareas, los dos márgenes del Mar Rojo de la división separados por las fuerzas del orden, los carabineros chilenos. Recordé que los llamaban pacos. Eso sí lo sabía.

Nadie nos vetó el paso y llegamos a las escalinatas de la Corte. Cuando entramos dentro, atrás quedó la realidad, la vida cotidiana. Había una especie de barrera, o mejor llamarla frontera, entre el exterior y el interior. Nos detuvo en primer lugar un ujier, o por lo menos alguien con uniforme de funcionario. Cuando le pedí por el juez Guzmán ni se alteró. Señaló el piso superior. Subimos despacio. Natalia ya no hablaba. Me pareció verla desbordada por los acontecimientos. Yo no lo estaba, pero sí me dejaba llevar por ellos. La noche anterior había cantado consignas libertarias. Ahora pretendía ver al juez Guzmán, y sin una cita previa. Con razón Ángeles siempre decía que aún creía que la vida era una novela.

Saqué mi credencial de periodista español al ver la cara de sorpresa del nuevo interlocutor con el que me crucé.

—¿Les espera? —me preguntó envuelto en dudas.

—No.

—Un momento, por favor.

Nos sentamos en un banco. La Justicia tiene una extraña corte. Siempre me ha parecido un caracol que marcha despacio y con la casa a cuestas. A veces sólo saca la cabeza cuando llueve. De todas formas no tuvimos que esperar demasiado. Un hombre menudo, cincuentón, cabello muy blanco y traje oscuro, se detuvo ante nosotros con cara de perplejidad y los ojos saltones. Fue directo al grano.

—¿Ustedes son los que desean ver al juez Guzmán?

—Así es. Me llamo Daniel Ros, soy periodista. De España.

Le tendí la mano y una sonrisa amigable. Me estrechó la primera pero no me devolvió la segunda.

—Disculpen, lo siento, pero el juez Guzmán no puede recibirles sin una cita previa, y de todas formas para solicitar una entrevista...

—No quiero una entrevista —le aclaré—. Vengo a aportarle una información, y a pedirle otra a cambio.

—No entiendo.

Extraje el documento de la CIA de mi bolsillo, lo desplegué yo mismo y se lo entregué a él. Lo leyó un par de veces, la primera sin absorber la información y la segunda más despacio al darse cuenta de su autenticidad. Cuando hubo concluido esa segunda lectura levantó unos desguarnecidos ojos y los depositó en mi.

—Sigo sin entender... —musitó.

—¿Tienen localizado a ese tal capitán Osvaldo Reinosa?

Era como entrar en un banco y pedir por la cuenta de un cliente llamado Fernández, García o Martínez.

—¿Pueden aguardar un instante, por favor?

Se retiró, llevándose el documento. Imaginé que antes de regresar lo fotocopiarían. Pero no me importaba. Tardó en reaparecer un poco más de tres minutos, y lo hizo con un hombre de mayor empaque, éste de unos cuarenta años, que era el que sostenía ahora en las manos la hoja de papel.

—Soy ayudante del juez Guzmán —se presentó—. Me temo que no acabo de entender el motivo de su visita.

Le cogí el documento de la mano y lo guardé en mi bolsillo.

—Es muy simple. Mantengo una investigación privada y quería saber si tienen localizado a ese hombre, Osvaldo Reinosa, o a uno de sus sargentos, Marcelo Zarco, ya que el otro murió.

—¿Con que objeto lleva a cabo esta investigación privada, señor...?

—Ros, Daniel Ros. ¿Lo ha leído?

—Sí.

—El padre del muchacho llamado Serradell está muriéndose. Este documento va a ser desclasificado por la CIA pero él ha conseguido una copia. Lo único que quiere ese hombre es saber dónde esta enterrado su hijo y devolverlo a España.

Era tan simple, como casi todas las verdades, que no me creyó.

—¿Piensa que puede llegar aquí y preguntar por un ex-militar involucrado en una causa de torturas y asesinato?

—¿Por qué no?

—Usted debe de estar loco —miró a Natalia como si ella pudiera darle la razón y volvió a mi—. Será mejor que se marchen, por favor.

—¿Conocía usted este caso, el del sindicalista Laval?

—No puedo responderle a eso, señor.

—¿Y el nombre de Osvaldo Reinosa, consta en algún archivo, aparece en alguna diligencia, denuncia, investigación...?

—Déjennos trabajar en paz, ¿de acuerdo, señor?

—Está bien —me resigné—. Pero tenía que intentarlo.

—¿Cómo consiguió este documento si aún no está desclasificado oficialmente? —detuvo de pronto su acción de dar media vuelta.

—El señor Serradell es un hombre rico.

El ayudante del juez Guzmán parpadeó. A lo peor creyó que le estaba amenazando, o que le advertía de algo. Allí, riqueza era igual a poder. Como en todas partes.

—Buenos días, señor.

—Denle caña al Pinocho.

No era el mejor lugar del mundo para decir aquello, ni para hacer una broma. Pero a veces pienso después de actuar. Y ese fue uno de esos momentos.

14

En la calle, los manifestantes se estaban enconando más y más. Cuando descendimos las escalinatas de la Corte escuchamos un griterío. Primero creímos que era por nosotros o por alguien más conocido que entraba o salía del palacio. Pero no se trataba de eso. Por nuestra derecha llegaba una nueva oleada de pinochetistas con pancartas y gritos de guerra. Los partidarios del mismo bando que ya llevaban su tiempo lanzando consignas se sintieron reforzados por el incremento de su número. De eso a perder la cabeza y lanzarse a la acción medió muy poco.

—¡Libertad, Pinochet! ¡Libertad, Pinochet!

—¡Vida el Tata!

—¡Perros comunistas!

Los del otro lado también elevaron al cielo sus consignas.

—¡Justicia!

—¡Juicio a Pinochet!

—¿Dónde están? ¿Dónde están?

Intentamos atravesar de nuevo el paso por entre las dos facciones, a buen ritmo, pero en esta ocasión calibramos mal nuestra oportunidad y la reacción de los beligerantes. La primera piedra partió del lado pinochetista, pero fue rápidamente respondida por el lanzamiento de un palo a modo de lanza por el lado de la izquierda. Eso acabó siendo como el pistoletazo de salida de una carrera, o de la guerra, que para el caso era lo mismo.

Los dos grupos iniciaron el lanzamiento de objetos.

Y casi a continuación, el avance.

Los carabineros se encontraron desbordados, superados por la incipiente marea humana, aunque entonces vimos a otros surgiendo por todas las puertas de la Corte de Apelaciones. No nos detuvimos a ver lo que sucedía. En parte porque seguíamos estando en medio, y en parte porque se trataba casi de nuestra vida. No había forma de que uno y otro bando supieran a cual pertenecíamos, aunque la elegancia de Natalia pudiera hacerla parecer más una dama acomodada y fan de Augusto Pinochet Ugarte que de sus víctimas.

—¡Corre! —traté de empujarla.

No era necesario que lo hiciera. Más joven que yo, y más ágil, me sacó unos cinco metros a las primeras de cambio. A mi, algo lanzado sobre mis piernas me hizo tropezar y trastabillar, aunque no perdí el equilibrio. Natalia ya estaba casi fuera de la oleada.

Entonces la que tropezó fue ella.

Llegué a tiempo de levantarla. Muy a tiempo. Una energúmena que llevaba un santo crucifijo en una mano y una fotografía enmarcada de su dios Pinochet en la otra, comenzó a golpearnos con el crucifijo. Lo de santo era por el tamaño, no por su filiación papal. Casi lo preferí a un impacto propinado por el marco, de plata y con un buen cristal por delante. Pinochet, sonriente, disfrutaba del gesto, pero de quién me defendí fue de su dueña, no de él.

—¡Señora! —grité.

—¡Malditos cabrones! ¡Déjenlo en paz!

El crucifijo me hizo daño. Debía ser de hierro. Actué en defensa propia, la empujé y la hice caer sobre su trasero. El retrato de Pinochet se estrelló también contra el suelo y se descoyuntó. Natalia ya estaba de pie y presta de nuevo para la carrera. Lo malo era que mi acción no había pasado desapercibida. La mujer tenía al menos una hija suelta.

—¡Mamá!

Se me echó encima una tigresa morena tocada con un visón o algo parecido. Y no era ella sola. Un grupo de adláteres también se empeñaba en cercarnos. Por suerte entraron en nuestro radio de acción tres aguerridas madres de desaparecidos, con sus escapularios en el pecho. Una llevaba la fotografía de un hombre de unos cuarenta años, otra la de un hombre joven y de cabello largo y barba, y la tercera la de una chica aún más joven, adolescente o poco más. Sonreía abierta a la vida.

El choque fue inevitable. Y también la carga de dos carabineros, dos pacos, surgidos de nuestra espalda.

—¡Ahora! —empujé a Natalia.

Volvimos a correr, nos salimos del tumulto, incluso nos apartamos de la multitud enzarzada en la reyerta. Pero cuando volví la cabeza para saber hasta que punto estábamos a salvo lo que vi no me gustó nada.

Dos hombres jóvenes, muy jóvenes, como de veinte años o poco más, corrían de forma directa y abierta en nuestra dirección.

Incluso nos gritaron.

—¡Eh!

No estaba para dar explicaciones, ni para enfrentarme a dos chicos más fuertes y más experimentados que yo en batallas callejeras. Continuamos corriendo, aunque ahora la diferencia era clara: ellos tenían las de ganar. Lo noté en seguida, al volver la cabeza por segunda vez y encontrármelos casi encima.

Llegamos a la primera esquina, camino despejado.

Sólo que ellos que ya estaban allí. Sentí su aliento, el roce de la mano del primero en mi espalda, su orden.

—¡Quieto, hijoputa!

—¡Párate ya o será peor!

Nadie cerca. Y aunque lo hubiera me pregunté si nos habrían ayudado. Los dos chicos podían ser los herederos de las hordas de Patria y Libertad. Antes de que me cayera y me sintiera peor, más desprotegido estando en el suelo, me detuve. Natalia me llevaba una ventaja, pero bien por agotamiento o bien por solidaridad, se detuvo al volver la cabeza y verme quieto, de espaldas a la pared. El chico que iba a por ella también se detuvo.

—¡Tú no te muevas! —le ordenó.

El otro casi pegó su nariz a la mía.

—Te vimos salir de ahí dentro —me espetó—. ¿Qué hacías?

Recordé el tiempo, tras morir Franco, en que los descerebrados de la nostalgia acorralaban a los que íbamos con el pelo largo y nos amenazaban con cortarnos los huevos si no cantábamos el "Cara al sol".

—No hacía nada, ¿por qué?

—Ese no es de acá —dijo el que controlaba a Natalia.

—Soy español.

—¿Amigo del maricón Garzón? —casi me escupió el primero.

Me pregunté qué era mejor, si hacerme el héroe o ponerme a dar loas a Pinochet. Ninguna de las dos me parecía una salida razonable. Además, estaba Natalia. Creo que tuve ganas de tener una pistola. Yo, el pacifista. Una pistola para ponérsela en la boca a aquellos dos niñatos.

El que me tenía acorralado levantó su puño cerrado.

—¡Márcale el poto! —le animó su compañero.

No llegó a tocarme.

Todo se congeló de golpe.

Lo único real fue aquel sonido.

Un disparo.

Un disparo como el de la pistola que yo estaba deseando tener.

Miré al chico. Su mano estaba quieta. Él también. En sus ojos flotaba una expresión de incredulidad. Después bajó la cabeza y se miró la parte derecha del pecho. Allí dónde una mancha roja estaba empezando a florecer. Cuando la percibió empezó a deslizarse hacia abajo, a cámara lenta. Yo estaba tan aterido que ni siquiera pude sujetarle. Cayó al suelo con la misma expresión de estupidez que había suplido a la anterior de odio y fiereza.

—¡Ramiro! —gritó el otro.

Miré a todas partes, pero no vi nada. Busqué el origen del disparo, pero infructuosamente. Y no podía ser una casualidad. No con aquella precisión. Ni siquiera era una herida mortal. Estábamos solos.

Salvo la sombra huidiza en la esquina mas próxima, la que acabábamos de dejar atrás en la recta final de nuestra escapada.

El segundo muchacho llegó junto a su compañero. Ya no eran dos duros, dos radicales de derechas dispuestos a imponer la ley de su fuerza. Ahora volvían a ser dos chicos jóvenes, asustados.

—¿Que pasó?

—No... sé. Sentí un... picotazo y... Germán, me duele...

El llamado Germán le ayudó a incorporarse. Yo ya no contaba. Pasaban de mi. El herido tenía los ojos crispados, vidriosos. Su amigo casi estaba llorando.

—¡Daniel! —oí la voz de Natalia inoportunamente.

Reaccioné. O más bien lo hicimos todos a la vez. Germán y Ramiro se movieron hacia la esquina y la plaza en la que seguía la trifulca a tenor del clamor que procedía de ella. Yo eché a correr hacia Natalia, y una vez a su lado, lo hicimos los dos juntos, calle abajo.

15

No hablamos hasta llegar al coche, y para ello tuvimos que dar un enorme rodeo, huyendo de los rescoldos de la batalla. Cuando nos sentamos en él nos sentimos un poco mejor, más a salvo, seguros. La mirada que intercambiamos resumía todos nuestros sentimientos. Jadeábamos como si hubiéramos estado haciendo el amor una hora seguida.

—¿Estás bien? —me interesé por ella.

—¿Me lo preguntas a mi? Es a ti a quien iban a golpear.

—Los cachorros del mal —me pasé una mano por los ojos. Me ardían.

—¿Que ha sido ese disparo?

Era la misma pregunta que me estaba haciendo yo.

—No lo sé —reconocí.

—Pero...

—No tengo ninguna explicación para eso, y menos que sea lógica.

—¿Y a quién iba dirigido, a ti o a él?

—¿Tú que crees? —fruncí el ceño.

—¿Y si te disparaban a ti pero le han dado a él por accidente?

—Oye, el que iba a ser golpeado era yo. Ese disparo me ha salvado la cara.

—Entonces...

Seguíamos mirándonos de hito en hito. Asustada también estaba guapa. Llevaba el pelo alborotado y unas gotas de humedad en la parte visible de los senos. Pensé que su piel debía saber bien. Suave y salada. El sudor siempre es salado. Ya olía bien, lo notaba a cada momento, y más en el coche.

Me di cuenta de la inoportunidad de todo eso.

Demasiada distancia. Demasiada soledad.

—Vamos a casa de la hermana de Zarco.

—¿Así de fácil?

—Así de fácil.

—Esos dos chicos irán a la policía, o en el hospital dirán que tú les has disparado. ¿Cuantos españoles que se llamen Daniel habrá en Santiago? ¿Y cuantos que hayan salido hoy de la Corte de Apelaciones?

—Cuando has dicho mi nombre no creo que te hayan oído —la tranquilicé—. Y de cualquier forma, esos están organizados, tienen sus médicos, sus recursos. No irán a la policía o a un hospital, por su propio bien. Actúan en las sombras, así que no les conviene la publicidad.

—Sabes mucho de esas cosas.

—Creo que sí.

—Pero esto es Chile.

—Son iguales en todas partes —rezongué.

—Está bien —se rindió—. Tu mandas.

—Espera —la detuve—. ¿Tienes móvil?

—Sí.

—Llama a información y averigua el teléfono de la hermana de Zarzo. Y de paso dame tu número, por si me hiciera falta.

Lo anoté mientras ella llamaba. Les dio la dirección. Recibió a cambio lo que pedía. Yo mismo lo apunté en la credencial de hospedaje del Santiago Park Plaza. La hermana de Zarzo se llamaba Amalia, y en la guía constaba como Amalia Vergara. Probablemente el apellido de su marido.

Natalia puso por fin el coche en marcha. Apenas si hablamos en el trayecto, recuperando el resuello, aunque sin dejar de pensar en lo sucedido. El disparo. Su oportunidad. El misterio.

¿Por qué?

—¿Que es el poto? —recordé de pronto.

Natalia no me lo dijo con palabras. Tal vez fuese algo tan espantoso y malsonante como en México. Se tocó el trasero con la mano derecha. Por si acaso no le pregunté si allí, "coger", también significaba "follar".

Hice que aparcara un poco más lejos de la casita, para no ser vistos, pero no abandonamos el coche. Le pedí el móvil y marqué el número que nos habían dado en información. Escuché media docena de zumbidos antes de cortar la comunicación.

—No hay nadie —me resigné.

—¿Por qué llamas antes por teléfono? —quiso saber mi compañera.

—Porque no quiero hablar con Amalia Vergara. Y me interesa saber quién está en casa.

—¿Vas a por la muchacha?

—Sí.

—¿intuición?

—Sí —repetí escueto.

—¿Y que hacemos ahora?

—Esperar —me acomodé en mi asiento.

Hizo un gesto de resignación.

—Lo siento —me excusé—. Imagino que esto debe de ser un palo para ti.

—Es trabajo.

—No es como hacer un reportaje periodístico precisamente.

—Voy a ganar más haciendo esto contigo que en varios meses de periodista —me reveló Natalia.

—La sombra de Agustín Serradell es alargada —silbé.

—Más bien su mano. Me dijeron que colaborara contigo y te ayudara en todo, y que a cambio tendría un maravilloso estipendio. Por ese dinero puedes pedirme lo que quieras

Se dio cuenta demasiado tarde de la inconveniencia que acababa de decirme y se quedó tan cortada como pálida. No quise hincarle el diente en la yugular ni profundizar en la llaga. Tampoco tenía muchas ganas después de lo del disparo. Lo pasé por alto y para volver a la normalidad le pedí que me dijera algunas palabras más de la jerga popular chilena.

Así pasamos parte de las dos horas siguientes.

Y resultó que amorosiento era un adjetivo ciento por ciento femenino que significaba "hombre amoroso"; y que peliento se refería a alguien de baja condición social o que cuico era todo lo contrario: alguien de clase alta o que presume de serlo. Mi favorita fue caluguiento, o sea, alguien efusivo en cuestiones afectivas.

Era divertido.

Aunque pasadas esas dos horas ni siquiera sabíamos cómo sentarnos.

Natalia fue a por unos bocadillos y unas bebidas para comer. Desapareció de mi vista y tardó tanto que llegué a pensar que le había sucedido algo. Regresó por fin con una bolsa cargada de viandas. Pudimos dar buena cuenta de ellas sin que nada cambiara en nuestro horizonte inmediato. Pero justo a los cinco minutos de terminar el último bocado la vimos caminando de cara a nosotros, muy despacio y envuelta en sus pensamientos.

La hija de Amalia Vergara.

Bajé del coche inmediatamente, para cortarle el paso en dirección a su casa. Se quedó bastante sorprendida al verme, pero no hizo nada, en ningún sentido. Se quedó muy quieta y sostuvo mi mirada, muy seria. Llevaba unos vaqueros gastados que le apretaban demasiado el trasero y revelaban sus problemas de peso. Por arriba vestía una cazadora informal y una camisa con los faldones por fuera. Todo en ella era generoso.

—¿Que quiere? —me preguntó.

—Hablar contigo.

—Ya habló ayer con mi madre.

—Tú eres distinta. Lo vi en tus ojos, en tu actitud.

—Usted no sabe nada.

—Creo que sí.

—Veamos —me retó.

—¿Que tal te sienta ser la sobrina de un militar asesino siendo como eres una chica de ideas progresistas, avanzadas, harta de toda esta mierda que aún os divide?

Acusó el golpe. Lo hizo con entereza pero lo acusó. Noté como su pecho se hinchaba un poco más debido al aire que respiró a través de una larga aspiración. En sus ojos destacó una luz.

Tardó en responder.

—Hace años que no veo a mi tío —dijo vacilante—. No viene por aquí, ni sé nada de él.

—Pero sabes dónde vive, o dónde puedo localizarle.

Apretó sus mandíbulas en silencio.

—¿Por qué no entras en el coche? —le pedí.

Miró hacia el automóvil. Ver a Natalia la tranquilizó. Vaciló todavía unos segundos más. No supe si ofrecerla dinero o esperar, y decidí esperar. El dinero compra, pero la verdad suele ser casi siempre más fuerte. Y es como un corcho: cuando está en el fondo de una persona y encuentra un resquicio por el que emergèr, siempre acaba saliendo a flote.

Echó a andar hacia el vehículo.

Abrió la puerta de atrás y se sentó. Yo hice lo mismo por el otro lado. Estaba cruzada de brazos, con la cabeza gacha y los ojos fijos en sus rodillas.

—¿Cómo te llamas? —pegunté con el tono de voz más agradable que pude encontrar.

—Bertha —respondió—. Con hache intercalada.

—De acuerdo, Bertha —lo expresé de la forma más sencilla posible—. Ante todo quiero que sepas que si encuentro a tu tío no le va a pasar nada. Lo único que quiero es hablar con él. Me da igual si te cae mal o si le desprecias como me pareció ayer. Lo único que quiero es verle. No le haré daño. Me iré como vine, te lo juro.

—¿Cómo sabe lo que yo pienso? —preguntó de pronto.

—No es difícil. Yo también fui joven y pasé por esa fase.

—¿Que fase?

—Rebeldía, lucha, ilusiones. Tu tío fue militar, probablemente representa lo que más odias. Eres de las que quisiera ver a Pinochet juzgado y a todos los militares acusados de sus matanzas.

Parpadeó una sola vez. Supe que había acertado de lleno.

—¿Que quiere de mi tío? —quiso saber.

—Ya lo oíste ayer. En 1974 era sargento. Su capitán se llamaba Osvaldo Reinosa. Necesito encontrar a uno de los dos.

—¿Por qué?

Miré a Natalia. En sus ojos vi un atisbo de piedad.

La pregunta era justa.

—Mataron a un muchacho joven, un español de veintitrés años. Su padre quiere recuperar el cuerpo, nada más.

—¿Quién era ese muchacho?

—Nadie —lo dije en tono neutro, como correspondía a la verdad—. Iba con un sindicalista al que detuvieron, eso fue todo.

Los ojos de Bertha se humedecieron.

—Nunca he oído hablar de ese hombre, Osvaldo Reinosa —confesó rendida—. A mi jamás me dicen nada. Primero era para preservarme. Ahora es para que no les desprecie más.

—Pero sabes algo.

—Una vez les oí pelearse, a mi papá y al tío Marcelo. Mi papá decía que ellos habían matado los sueños y la ilusión de todo un pueblo. El tío Marcelo le insultó, dijo que no tenía ni idea, que los comunistas estaban llevando al país a la ruina. Papá lo llamó asesino y torturador de mujeres y niños, y entonces el tío Marcelo le golpeó. Aún iba de uniforme por entonces. Yo era muy niña pero lo recuerdo como si fuese ayer. El tío Marcelo apuntó a papá con una pistola y mi madre se interpuso, así que no disparó. De esta forma lo supe. Después...

—¿Llamó tu madre a su hermano ayer, cuando nos fuimos?

—Sí.

—¿Oíste algo?

—No, me metió en mi habitación las dos veces.

—¿Las dos veces?

—Hizo dos llamadas. Pero no sé quién pudo ser la segunda.

—¿Tu madre...? —vacilé.

—Es su hermano —se encogió de hombros—. Mi papá votó por Allende.

—Ayúdanos, Bertha.

—¿Quién es usted? ¿Por qué anda metido en esto? ¿Es policía o detective?

—No soy más que un periodista. Trabajo para el padre de ese chico. Y se está muriendo.

Bertha volvió la cabeza para hurtarme sus lágrimas. Miró por la ventanilla en dirección al vacío de la calle. Los segundos fueron desgranándose como granos de arena en un reloj primitivo mientras yo contenía la respiración.

Era mi única posibilidad.

Y la de Agustín Serradell.

—Sabrán que he sido yo —comenzó a derrumbarse la muchacha.

—No.

—Mi tío es un cabrón, pero es el hermano de mi madre, y no quiero que ella sufra más. Desde que murió mi padre... —ahora sí empezó a llorar, imparable. Apretó los puños y se pasó el antebrazo derecho por los ojos—. Llevamos tantos años...

No continuó, así que no supe a que se refería. Por primera vez la que habló fue Natalia. Le dio el empujón final. Sentada delante pero vuelta hacia ella, primero le puso una mano en la rodilla y se la presionó. Después le dijo:

—La justicia siempre empieza por algo pequeño que va creciendo.

Bertha Vergara la miró sin entender muy bien la expresión.

Luego la fue comprendiendo.

Asintió con la cabeza.

—Vive en Las Condes, en una calle llamada Vial, cerca del Estadio Italiano, aunque no sé el número. Se lo oí decir una vez a mamá. Dijo algo de unas persianas verdes.

Solté una bocanada de aire.

—Gracias, Bertha.

—Señor...

—Tranquila. Nadie lo sabrá, y te juro que a él no le pasará nada.

Puso una mano en el tirador de la puerta.

Entonces sí lo hice.

A la salud de Santiago Serradell.

Saqué quinientos dólares de mi cartera y se los di.

Ella se los quedó mirando sin comprender, abrumada por la cantidad.

—Guárdatelos —le aconsejé—. Un día los necesitarás.

No supo que hacer.

—No es un pago, de verdad —quise tranquilizarla—. Simplemente creo que los mereces.

Alzó su mano y vaciló por última vez. Atrapó los cinco billetes de cien y entonces sí abrió la puerta del coche. Salió afuera y se encaminó a su casa sin volver la vista atrás.

Nosotros continuamos allí, quietos y silenciosos, hasta que Bertha desapareció de nuestro mundo al entrar en su vivienda.

16

Anochecía cuando llegamos a la comuna de Las Condes, al noreste de la ciudad, después de vernos atrapados en un atasco y de dar no pocas vueltas hasta encontrar la calle Vial. Lo de las persianas verdes no era demasiado como indicio, peo resultó ser suficiente. La calle no era muy larga, y la única casa con persianas verdes, o al menos lo eran en otro tiempo, se nos apareció igual que un fantasma en la penumbra mal iluminada. El edificio no se diferenciaba en nada de otros que ya había visto repartidos en mi periplo por las comunas santiagueñas. Era bajo, dos plantas, y estaba deslucido. Detuvimos el coche a unos diez metros y nos dispusimos para el nuevo asalto. Ahora sí, aquella era mi última pista para dar con la tumba de Santi Serradell. Iba a ver a uno de sus asesinos, aunque el maestro de ceremonias hubiese sido con toda seguridad el otro, su oficial superior, el capitán Osvaldo Reinosa.

Había cuatro buzones. El piso de los Zarco era el segundo de aquella misma planta baja. Llamé a la puerta con los nudillos porque me fue imposible dar con un timbre y esperé. Al otro lado de la hoja de madera oí unas voces airadas, un conato de discusión sobre quién tenía que abrirnos. Después, unas zapatillas con una dueña malhumorada se arrastraron en nuestra dirección. Se corrió una aldaba y me encontré frente a una mujer de poco más de cincuenta años que llevaba una bata muy sucia y que había conocido tiempos mejores como ser humano. Se nos quedó mirando con el ceño fruncido.

—¿Que desean? —preguntó sin saber si ponernos buena o mala cara.

—¿Está el señor Zarco, por favor?

—No.

—¿Tardará mucho en regresar?

—¿Para qué quieren verlo? —decidió definitivamente que la mala cara era lo más adecuado.

—Es un asunto personal, de su interés.

—Los intereses de mi marido son mis intereses —nos endilgó firme—. ¿De qué se trata?

No quería decírselo. No a ella. A lo peor ni siquiera sabía nada de las actividades militares de su marido.

—Vengo de España, señora. Lo que he de preguntarle a su marido vale dinero, y estoy dispuesto a pagárselo.

Por detrás de la mujer apareció un hombre joven, veintidós o veintitrés años, en apretada camiseta. Debido a ello pude apreciar la consistencia de sus músculos forjados en algún gimnasio, cuello de toro, espalda ancha. Con un manotazo podía dejarme medio muerto. No me gusto su presencia intimidatoria.

—¿Quién es, mamá?

—El señor viene de España para hablar con tu padre.

El joven se colocó inmediatamente detrás de ella. No fue el único. Por el pasillo surgieron otros dos, uno de más o menos dieciocho y el otro en torno a los quince. Calcos de su hermano mayor, porque se parecían como tres gotas de agua. Tanta presencia aún me gustó menos.

—Mi padre no tiene nada que decirle a usted, señor —dijo el hermano mayor.

—¿No tienes ningún interés por saber de qué va esto ni cuanto puedo pagarle?

—No.

Sabía lo de su padre. Nadie dice no a la palabra "dinero" cuando no se tiene. Supe que estaba pisando terreno resbaladizo, pero aún así traté de sostenerme en él. O hablaba con Zarco o se terminaba la búsqueda.

Recordé de pronto algo más. A veces soy idiota. La hermana de Zarco le había llamado por teléfono cuando nos fuimos la primera vez. Bertha acababa de decírnoslo. Eso era definitivo. Estaban alertados.

—¿Quién le ha dado estas señas? —preguntó la mujer.

—Las conseguí en su antiguo barrio —mentí.

—Váyase —el mayor se colocó delante de su madre para cerrar la puerta.

—Escucha —hice un intento desesperado—, dile a tu padre que no se arrepentirá de hablar conmigo, en serio. Le pagaré y después me iré y nunca volverá a verme. Dile...

La puerta empezó a cerrarse.

—Estoy en el Santiago Park Plaza —no tuve más remedio que rendirme—. Me llamo Ros, Daniel Ros. Por favor...

Eso fue todo.

Me quedé mirando aquella barrera sintiéndome estúpido, frustrado. Allí se desvanecía mi oportunidad. Y aunque consiguiera hablar con Marcelo Zarco, ¿de qué iba a servir? Bastantes evidencias tenía ya con su hermana y ahora con su mujer e hijos. ¿Cómo convencerle de que contara una verdad con la que podía colgarse una soga al cuello? Nadie es tan imbécil.

Pero yo había creído que podría hacerlo, de lo contrario no estaría ahí.

Sin olvidar a Agustín Serradell.

No se escuchó ningún ruido procedente del otro lado de la puerta. Lo más seguro fuese que también estuviesen espiándonos. Salimos a la calle y sólo entonces habló Natalia.

—¿Le esperamos?

—Está dentro —dije yo—. Y apostaría algo a que asustado.

—¿Te rindes? —se extrañó mi compañera.

—No, siempre podemos volver. Tal vez llame o venga al hotel. Tal vez.

—No lo hará.

—Ya —suspiré.

Entramos en el coche e iniciamos el viaje de regreso al hotel, en silencio. Un ruido de mi estómago cuando ya estábamos en el centro de Santiago me hizo recordar lo mal que habíamos comido a mediodía.

—Vamos a cenar algo —le propuse.

—Esta noche no —musitó ella.

—¿Por qué?

—No tengo hambre.

Mentía, y me extrañó que lo hiciera.

—Se supone que has de estar las veinticuatro horas a mi servicio —bromee sin muchas ganas.

Natalia me lanzó una mirada muy femenina. Pero hubo algo más.

Comprendí que lo único que no deseaba era una cena.

Aunque no fuese romántica.

Cuando paró su coche delante de mi hotel hizo lo mismo que la noche anterior: se acercó a mi y me dio un beso en la mejilla.

Nada más.

—Buenas noche, Daniel —me deseó—. ¿Mañana a las nueve y media?

—Sí, claro.

114

No me preguntó a dónde iríamos ni qué haríamos. Mantuvo su sonrisa dulce, algo cansada, pero también firme. Su belleza opaca se me hizo más presente y al final acabé aceptando sus términos.

Y me hubiera gustado decirle que sólo quería cenar, con ella, y hablar. Sólo eso.

Pero no pude.

Bajé del coche y entré en mi hotel.

Primero subí a mi habitación, me desnudé y me puse el bañador y el batín blanco. Me estaba habituando a los baños calientes de la piscina. La buena vida. Calzando mis zapatillas blancas a juego con el batín subí a la última planta. Otra loca estaba haciendo la maratón en la cinta de correr. El "tap-tap" sonoro de sus pasos se expandía por el lugar, con Santiago lleno de luces y sombras al otro lado de los ventanales que nos rodeaban. La loca me miró y yo la miré. Era consistente, maciza, cabello corto, rostro cuadrado y buen cuerpo. Musitamos algo parecido a un "buenas noches" en la distancia y eso fue todo. Después entré en la piscina y me quedé allí, con los ojos cerrados, deseando que acabara de correr y se marchara para sentir el silencio. Era imposible nadar debido a su pequeñez, pero no era necesario.

Debí pasar quince minutos en el agua.

Quince agradables minutos.

"Tap-tap-tap-tap..."

Salí del agua, me sequé, me enfundé el batín y bajé al piso octavo después de volver a despedirme de la maratoniana, que sudaba quemando energías y calorías. En mi habitación me di una ducha y me plantee un dilema, si vestirme para bajar a cenar o pedir algo al servicio de habitaciones y así ahorrarme el esfuerzo. Andaba en ello cuando sonó el teléfono.

Pensé en Natalia, cambiando de idea, y luego en Juanma Sabartés.

—¿Sí?

—¿Señor Daniel Ros?

—Sí.

—Usted no me conoce —era una voz amable aunque átona, con acento local por la entonación y por la forma de pronunciar la "c" convirtiéndola en "s"—, pero anda haciendo preguntas y yo tengo algunas respuestas. ¿Le interesa?

—Puede.

—Bájese algo de dinero. Siempre ayuda.

—¿Dónde está?

—En la calle. Salga a mano izquierda. Estoy en la esquina de Barcelona.

Primero pensé que era una broma, por lo de Barcelona. Resultó que no. Por la parte de atrás de mi tarjeta de identificación del hotel había un plano de la zona. Alargué la mano y vi que en efecto la primera calle de la izquierda se llamaba Barcelona. Ni me había dado cuenta con anterioridad.

—Cinco minutos —me despedí.

Me vestí en tres, nervioso. Mi cabeza daba vueltas y lo único que se me ocurría era la posibilidad de que Zarco o uno de sus hijos hubiera cambiado de idea. ¿Tan rápido? ¿Por qué no? Les había dicho que estaba en el Santiago Park Plaza. Otras posibilidades pasaban por teorías más peregrinas. Miré lo que llevaba en la cartera y redondee la cifra hasta los mil dólares. La información que buscaba valía eso y más, mucho más para Agustín Serradell, pero de momento estaba bien. Salí de la habitación, tomé el ascensor y descendí hasta la planta baja. La cena tendría que esperar.

Salí del hotel y eché a andar hacia la izquierda. El rótulo de la calle, Barcelona, era más que visible. También vi a un hombre, un desconocido, apoyado en una camioneta de color blanco. Se enderezó al comenzar a cruzar la calzada y para cuando llegué hasta él ya tenía su mano derecha extendida.

—¿Señor Daniel Ros?

—Yo mismo —se la estreché.

—Venga por aquí, por favor.

Fui un estúpido. Demasiada piscina relajante, demasiada confianza, demasiada seguridad en pleno centro de Santiago... Da lo mismo. No le conocía y le seguí, al otro lado de la camioneta, amparados por ella y sin nadie cerca. Para cuando se abrió la puerta lateral, de forma inesperada, mi intuición seguía de vacaciones, y mi sexto sentido dormido como un bebé.

El golpe en la cabeza debió de ser científico, preciso.

Volví a la piscina y me sumergí en su cálida agua.

17

No, no estaba en la piscina del hotel.

Primero sí, porque todo lo veía negro. Ni siquiera oía el "tap-tap" de la maratoniana. Solos yo y el silencio. Era agradable. Después eso cambió. La piscina por Varadero. Oh, Varadero. Allí estaba mi espíritu, bañado por el sol más hermoso, sumergido en las aguas más transparentes.

Mojado.

Muy mojado.

Y desde luego estaba mojado, chorreando, porque al abrir los ojos fue lo primero que sentí, aún antes que el dolor en la cabeza, como si una taladradora estuviese haciéndome una zanja para instalarme el cable.

A continuación el rugido de mi estómago.

Seguía teniendo hambre.

Las imágenes se distorsionaron ante mi. La punzada del cerebro fue más bien una patada en los testículos de mi mente, porque me hizo el mismo daño. Tuve que hacer varios esfuerzos, por controlar el dolor, por dominar las súbitas nauseas que se apoderaron de mi, por mantener los ojos abiertos, por centrar la visión ocular, incluso para evitar que el estómago siguiese recordándome que estaba vacío.

Comprendí por qué estaba mojado.

Acababan de echarme un cubo de agua por encima.

Logré verlos. Eran dos, y estaban quietos delante de mi. Uno de ellos era el que me había saludado y recibido al salir del hotel. Me dieron el tiempo necesario para que calibrara mis oportunidades y me rindiera. Yo tenía las manos atadas a la espalda y estaba sentado en una silla. El lugar era lóbrego, digno de una película sórdida y tenebrosa, cuatro paredes desnudas, viejas y húmedas, y una bombilla colgando huérfana del techo. Por un ventanuco creí ver alborear el día, así que, si estaba en lo cierto, llevaba inconsciente varias horas.

Y desde luego, podía estar en cualquier parte.

Me vino a la cabeza el nombre de la tristemente famosa Villa Grimaldi, donde la DINA de Pinochet torturaba a sus anchas a los futuros desaparecidos.

El de la izquierda, el que me saludó en la calle, era un tipo mayor, bordeando los cincuenta, cabello corto y cara vulgar. Llevaba una cazadora negra. El de la derecha, el que me había golpeado saliendo desde el interior de la camioneta, era mucho más joven, unos veinticinco, iba rapado y debía ser primo hermano de los hijos de Zarco, por los músculos. Su cazadora también era negra, pero la tenía sujeta por encima del hombro con su mano derecha, indolente. El que me acababa de bañar era el mayor.

—¡Eh! —me soltó él mismo—. ¿Ya has vuelto?

Llevé aire a mis pulmones. La cabeza decidió hacer una tregua conmigo y me dejó pensar un poco. Probé si podía hablar, porque no me atrevía a mover un sólo músculo.

—Sí —susurré.

El mayor dio dos pasos, justo hasta detenerse delante de mi. No podía mirarle, así que me fijé en sus botas militares. Se agachó y quedamos cara a cara. Sonreía y olía mal, a tabaco.

Un pestazo a tabaco de cagarse. Me entraron más náuseas pero estaba seguro de que si le vomitaba encima no sería nada cariñoso conmigo.

Alargó su mano derecha y me soltó un cachetito.

Dos.

—¿Que tal si lo hablamos? —me dijo.

—Vale.

—No es nada personal, ¿sabes?

Tres.

—De acuerdo.

—Bien, me alegro —volvió la cabeza para dirigirse a su compañero—. Parece buen tipo, hombre. No tenías porque haberle dado tan fuerte.

—Creía que los españoles tenían la cabeza dura.

—Pues ya ves que no —lamentó el mayor encarándose de nuevo a mi—. ¿Cómo te encuentras?

—Estaría mejor desatado y tomándome algo caliente.

—Eso está hecho, amigo —chasqueó la lengua—. Hablamos, y se acabó. En quince minutos esto no será más que una estúpida pesadilla.

Suspiré tan agotado como acorralado.

Indefenso.

Estaba solo, al otro lado del mundo, y lleno de mierda hasta el cuello. Aunque ni siquiera sabía que culo era el que me estaba echando la mierda encima.

—¿Quién eres? —hizo la primera pregunta el hombre mayor.

—Daniel Ros, periodista.

Eso ya lo sabían. Tenían mi cartera, mi documentación.

—¿Qué estás haciendo aquí?

—Trabajo.

—Vaya, creía que éramos los latinoamericanos los que íbamos a la madre patria —eso último lo dijo con refinada ironía— a trabajar, y resulta que no, que ahora sois vosotros los que venís aquí.

—Dale un poco —pidió el joven.

—No, hombre, no. ¿Dónde está tu cortesía? —le reprochó su compañero.

Lo que me faltaba. Chico bueno, chico malo. Y yo era el pringado.

—¿Que clase de trabajo? —reanudó el interrogatorio el hombre mayor.

Lo más seguro es que ya lo supieran pero quisieran oírmelo decir. Yo estaba buscando a Osvaldo Reinosa y a Marcelo Zarco, los dos supervivientes del trío que había matado a Santi Serradell. ¿A quién quería engañar? ¿Me hacía el héroe?

A la mierda.

Yo nunca he sido un héroe.

—Busco a un hombre.

—¿Qué hombre? —puso cara de cansancio y me arreó el cuarto cachete, éste un poco más fuerte aunque aún en plan "cariñoso"—. Vamos, Daniel, ¿es que he de arrancarte cada palabra?

—Osvaldo Reinosa.

—¿Para qué? —alargó la "e" paciente.

—He de hacerle unas preguntas.

—¿Qué preguntas, vamos, cabrón? —gritó el joven.

—Dónde está enterrado un cuerpo.

El quinto cachete fue una bofetada.

Mi cabeza salió despedida hacia la derecha, y creo que mi cerebro se quedó dónde estaba o rebotó, no estoy muy seguro, porque el dolor fue muy intenso dentro de ella. Perdí incluso la concreción en la vista, prueba de que me mantenía en precario. Logré dominar una vez más la arcada y busqué un punto de referencia para aferrarme a él. Resultó ser la nariz grabada a picotazos de mi torturador, porque era lo que tenía más cerca y llenaba todo mi campo visual.

—Es... la verdad —jadee.

El hombre levantó la mano. Yo cerré los ojos y me apresté a recibir el nuevo golpe. No llegó. Volví a abrirlos y le vi sonreír.

—Vamos, Daniel, colabora. No digas mentiras.

—No miento —aseguré poniendo toda mi sinceridad en mi tono de voz—. Cuando estoy atado y secuestrado y me están dando de hostias no miento nunca, lo juro.

—Háblanos de Osvaldo Reinosa.

—Era capitán en el 74. Él y dos de sus hombres, dos sargentos llamados Zarco y Acevedes, detuvieron a un joven español junto a un sindicalista chileno. Los mataron y los enterraron en alguna parte. Acevedes murió. Yo sólo quería hablar con Zarco para que me dijera dónde está Reinosa.

—¿Para matarle?

—¡No! —casi grite—. He dicho la verdad: quiero saber dónde enterraron al muchacho español. Tal vez lo sepa Zarco, pero desde luego Reinosa sí ha de saberlo. Cuando consiga esa información me iré, todo habrá terminado, lo juro. No voy a denunciar nada. Eso ya no cuenta. Lo único importante es la tumba. Al diablo lo demás.

—No te creo.

—¡Es la verdad!

—¿Que tienes que ver con el muerto? ¿Para qué quieres saber tú dónde esta esa tumba?

—¿Es que no lo entiendes? —intervino el hombre joven—. Es periodista. Busca el éxito y la fama. Quiere su reportaje, el muy maricón huevón.

—No es eso —logré negar con la cabeza—. Yo no soy más que un mandado.

—¿Quién te envía?

—El padre del chico. Quiere que el cuerpo de su hijo vuelva a España.

Nos envolvió un espeso silencio.

Largo, lleno de miradas, lleno de incertidumbres, lleno de cautelas.

El hombre mayor se mordió el labio inferior. Yo aparté la vista de sus ojos. No quería tener pesadillas el resto de mis días. Y confiaba en que ese resto fuera el previsto, abundante y plácido. Volví a fijarme en sus botas militares y fue como si se me dispararan las glándulas sudoríparas. Apenas si sentía la circulación de las manos a causa de lo apretadas que estaban mis ligaduras.

—De acuerdo, volvamos a empezar —dijo el hombre mayor incorporándose.

No lo entendí muy bien.

—¿Empezar...?

Se apartó y en su lugar apareció el joven. Le pasó su cazadora negra al otro para tener las manos libres. No me gustó su cara de sádico. Ni el tatuaje que llevaba en el antebrazo derecho. Un águila.

—Nunca escarmentáis —me escupió en la cara.

El primer puñetazo fue directo al estómago, así que me quedé sin aire. El segundo me dejó ya casi aturdido, porque fue en el plexo solar, seco y fulminante, muy profesional. El tercero, en el rostro, me devolvió a la negrura anterior a mi despertar.

Creo que en sueños oí al hombre mayor quejarse.

—¡Pero bueno, volviste a dormirlo ya!

18

Cuando volví a despertar era de día. Pleno día. Lo primero que vi fue la luz entrando a borbotones por el ventanuco de mi cárcel. Eso me hizo cerrar los ojos porque me hirió en la retina.

Respiré despacio. Me dolía todo el cuerpo.

Después, repasé mis articulaciones.

Nada roto. Sólo dolor, mucho dolor. Me llevé una mano a la cara para tantear allí su estado y entonces descubrí que ya no estaba atado, que las tenía libres.

Fue una agradable sensación.

El golpe en la nuca, el primero, me había producido un chichón respetable y una herida pequeña por la que ya no manaba sangre. Tenía una costra seca. El segundo, en la mandíbula, no había llegado a desencajármela. La nariz también estaba en su sitio. Pasee mi lengua por la boca y resultó que tenía todos los dientes. Era como para celebrarlo.

Volví a abrir los ojos.

Estaba recostado en la pared, no en la silla, quieta en mitad de la habitación, hecho una piltrafa después del cubo de agua de horas antes. Miré el reloj y no me sorprendió que fuera más de media mañana.

Entonces reparé en otros detalles.

El primero que, al otro lado del cuartucho, la puerta estaba abierta.

El segundo que, a través de ella, se veía la pierna de un hombre caído en el suelo.

No me moví.

Me sentía demasiado aturdido como para hacerlo.

Y además, no soy de los que cree en cuentos de hadas. Si era una trampa del chico bueno y del chico malo ya no estaba para gaitas. Así que continué mirando la puerta abierta un buen rato. Como dos o tres minutos.

La serenidad volvió a mi, el pleno dominio de mis maltrechos reflejos, la percepción de mi cuerpo machacado con científica profesionalidad. Militar profesionalidad, diría yo. Aún así me daba mucho miedo moverme. Sabía que el diablo estaba quieto, agazapado en mi cabeza, y que rugiría nada más ser despertado.

La puerta abierta.

La pierna tendida.

—¡Eh! —probé.

El vértigo fue menor. Me recuperé.

—¡Eh!

No tenía sentido quedarme allí, esperando no sabía qué, así que intenté ponerme en pie. Por lo menos quería asomarme a la puerta. Por lo menos. Mi primer esfuerzo fue baldío. Un latigazo me atravesó el cerebro y me hizo desistir. Cerré los ojos y volví a reunir mis fuerzas. Centré mi mirada en un punto concreto del suelo y lo repetí. Me quedé de rodillas con algunas lucecitas empeñadas en dar vueltas en torno a mi. El siguiente paso fue ya más fácil. Un pie, alzarme, apoyarme en la pared y quedarme allí superando el vahído que me quería devolver al suelo.

Me sentí mucho mejor.

Con la crisis superada inicié el largo camino de tres metros que me separaba de la puerta. Me moví con toda cautela. Si reaparecían los dos energúmenos y volvían a atizarme ya no lo resistiría más. A medida que me acercaba, la pierna extendida en el suelo se me hizo más visible. Y estaba muy quieta. Poco a poco vi algo más, la rodilla, el muslo, una mano caída...

Y la sangre.

La visión desde el quicio de la puerta de mi celda era brutal, aunque sin llegar a dantesca. Quiero decir que no había vísceras desparramadas ni sadismo. Sólo los dos cadáveres, el del hombre mayor y el del hombre joven.

Les habían matado sin más.

El primero de un disparo en la cabeza. Al segundo de dos, uno en pecho y otro en el corazón. El de la cabeza había entrado por detrás y salido por delante, así que el tipo ya no tenía cara. La del joven, por contra, mostraba toda la estupefacción que su propia muerte le había producido. Más allá de ellos otra puerta también estaba abierta.

Y daba al exterior.

Salí de la habitación tratando de comprender algo, pero me resultaba imposible. Mi mente aún estaba disociada de mi cuerpo. Los dos funcionaban por separado a la espera de volver a encontrarse. Sin embargo no hacía falta ser muy listo para darme cuenta de que la pesadilla había terminado.

Era libre.

Libre con dos cadáveres a mi espalda.

Caminé hacia la segunda puerta y me asomé a la vida. El lugar era siniestro, una especie de antigua fábrica abandonada, con hierros herrumbrosos por todas partes y el deterioro generalizado de algo que, en otro tiempo, debió de ser un templo de producción industrial. Iba a salir a la mayor velocidad que mis piernas me permitieran cuando me llevé una mano al pecho y me di cuenta de algo esencial: no llevaba mi cartera.

Tuve que retroceder y acercarme a los dos cuerpos.

Fui cuidadoso, como si pudiera despertarles. Estaban ya fríos. Los examiné con dos dedos y mucho asco, sobre todo para no mancharme de sangre. La llevaba el hombre mayor, en la cazadora. La examiné y vi que no faltaba nada, ni los mil dólares. Me la guardé y busqué alguna identificación en ellos.

Nada.

Anónimos.

Es decir, profesionales.

Cuando sonó el zumbido del teléfono no me dio un infarto de milagro, porque era lo que menos esperaba oír en ese instante.

Con el corazón disparado en mi pecho busqué el origen de la música. Parecía una marcha militar. Procedía del hombre joven. Tuve que moverlo un poco y darle la vuelta, porque llevaba el móvil en el bolsillo trasero de su pantalón y él estaba caído boca arriba. Se lo saqué y me lo quedé mirando lleno de dudas. No tenía la menor intención de abrir la línea y preguntar quién era.

Pero por lo menos vi el número del que estaba llamando, en la pantalla de color verde.

A la séptima llamada cesó la música. El mensaje, si es que lo había, debía estarse grabando en el buzón de voz. Me lo guardé en uno de mis bolsillos y regresé a la puerta que daba al exterior. Ahora sí: cuanto antes saliera de aquel infierno, mucho mejor.

Y al diablo la policía.

No me costó demasiado salir de aquella vieja fábrica. Seguí la pared que la rodeaba en todo su perímetro y no tardé en dar con un agujero en el muro, suficiente para pasar por él. Iba ganando soltura y velocidad, armonía corporal y reflejos. En la siguiente esquina vi que, a lo lejos, circulaban coches, así que allí debía haber una calle principal. Lo malo era que no tenía ni idea de dónde estaba y que mi aspecto era como para echar a correr. Tampoco quería coger un taxi que, más tarde, pudiera decirle a la policía a dónde me había llevado tras encontrarme en la zona próxima a un doble asesinato.

Caminé un par de minutos hasta dar con el rótulo de una calle. San José de la Estrella. Era suficiente. Saqué el móvil de mis ex-amigos y el número del de Natalia anotado en mi credencial hotelera. Cuando oí su voz al otro lado, tensa, supe que me estaba esperado.

También hizo que me sintiera mucho mejor.

—Natalia, soy yo.

—¿Qué te ha sucedido? ¿Dónde estás?

—Es largo de contar. ¿Puedes venir a por mi?

—Claro.

—Calle San José de la Estrella, en un cruce con un muro verde. Cerca hay una gasolinera, porque veo su torre.

—La buscaré. No te muevas. ¿Estás bien?

—Ahora sí.

Cortó la comunicación tras despedirse con un sucinto "Voy" y me apresté a esperar lo que hiciera falta, que pensé que sería mucho. No me equivoqué. Tardó una hora en llegar hasta mi. Cuando vi su coche avanzar despacio por la calle, mirando a derecha e izquierda, abandoné el escondite en el que me había instalado por si las moscas. No eran más que unas cajas abandonadas, pero bastaban para hurtarle mi cuerpo a un posible coche de la policía que pasase por allí, aunque no pasó ninguno, o a los secuaces de los dos muertos, que por cierto llamaron otras dos veces.

Era el mismo número de la primera vez.

Natalia se espantó al verme aparecer como un fantasma frente a su vehículo. Frenó en seco. Ni siquiera me reconoció a la primera. Luego salió a la carrera con el miedo desparramándose por su rostro. Cuando se me abrazó me sentí aún mejor. Un cuerpo cálido siempre es una bendición. Me apoyé en ella sin rubor alguno e incrusté mi nariz por entre la mata de su cabello. Su perfume me llenó el alma, me inyectó una nueva adrenalina. Por un momento fue como sentirme en casa.

—Daniel... ¡Daniel, por Dios!...

—Estoy bien, tranquila. Todo pasó.

—¡Ha de verte un médico!

—No, llévame a mi hotel, por favor.

—¿A tu hotel? ¡Ni hablar! —me ayudó a entrar en el coche—. ¡Te vienes a mi casa! ¡Santo Cielo! ¿Qué ha sucedido?

Recliné la cabeza en el asiento y cerré los ojos. Por un momento sentí incluso deseos de llorar. Una estupidez. Ella se sentó al volante y volvió a acercarse a mi. Me pasó su mano por la frente para comprobar si tenía fiebre.

—Vámonos —le pedí yo—. No hagas que te lo cuente ahora.

Puso el coche en marcha y salió disparada.

19

Natalia no vivía del todo mal. Era la primera vez que estaba en un piso chileno medio pero se me antojó cómodo, discretamente elegante y, por encima de todo, limpio y muy ordenado. Hasta el objeto más insignificante daba la impresión de estar en su sitio, no había nada fuera de lugar, el polvo tenía prohibido acercarse a menos de diez metros de aquel espacio soleado y detallista. Cuando me derrumbé en un sofá en el que me hundí, vi al alcance de mi mano un televisor, un reproductor de vídeo, uno de compactos, dos altavoces y dos columnas de discos con nombres como Bach, Mozart, Beethoven, Stravinsky y Mahler visibles en los lados. Me sentí rodeado de paz.

—Vamos, no te me apoltrones —me apremió ella—. Desnúdate para que pueda examinarte el cuerpo.

La idea de desnudarme me parecía bien, pero no para que me examinara el cuerpo. De todas formas no estaba yo para intentar ninguna heroicidad en mi estado. La miré dudoso y decidió tomar el mando operativo. Con mi baja por invalidez temporal a ella le habían salido los galones. Ahora se me ofrecía como una mujer fuerte, firme y segura, autoritaria. Me dio por pensar en la clase de novios o amantes que podía haber tenido en sus más de treinta años de existencia.

—Puedes colaborar o no —comenzó a quitarme la chaqueta.

Colaboré, porque Natalia aún desconocía qué partes de mi cuerpo me dolían mucho y cuales me dolían menos, porque doler me dolían todas. Primero me examinó la cabeza. Dijo que era golpe limpio y que no hacía falta ni que me cortara el pelo alrededor de la pequeña herida. Bastaría con lavarla. Dejé primero a un lado el móvil, que había vuelto a sonar durante nuestro trayecto en coche. Mi ropa fue parando a un cesto, chaqueta, camisa, pantalones, zapatos, calcetines. Mis calzoncillos eran unos discretos Calvin Klein, así que la cosa no pasó a mayores salvo por una comedida sonrisa suya por el detalle. Realmente parecía no importarle mucho mi cuerpo ni sus posibilidades.

—¿Te duele? —me presionó el pecho y las costillas.

—No demasiado.

Sus manos eran bonitas, y más en mi piel. Tantearon aquí y allá en busca del hueso partido.

—No tienes nada roto —exclamó aliviada—. Voy a traerte ropa seca, aunque antes deberías lavarte un poco.

Estuve de acuerdo, así que me ayudó a levantarme. Quedamos mirándonos cara a cara un par de segundos de esos que podríamos llamar tontos.

—Siento darte problemas —me excusé.

—Vamos, tranquilo —me dirigió una sonrisa dulce—. No pasa nada.

Me dejó en el baño y me introduje en la ducha tras quitarme los calzoncillos. El agua caliente me hizo bien. Levantó algunas esquirlas de nuevo dolor en mis terminaciones pero al final fue una bendición. Tantee mi cabeza para lavar la sangre de la pequeña herida. Mientras me secaba oí la voz de mi anfitriona al otro lado de la puerta.

—¿Estás visible? Te traigo ropa.

Me envolví con la toalla.

—Ya.

Abrió la puerta y dejó sobre el lavamanos unos pantalones, una camisa, unos calzoncillos y unos calcetines. Todo a juego. No lo esperaba. Pensaba en una bata o algo parecido. Pero eran de hombre. Antes de retirarse me preguntó:

—¿Quieres comer algo?

—Me pillaron anoche cuando iba a cenar, así que estoy muerto —reconocí—. Por cierto, ¿es jueves?

—Sí —me miró como si fuese una pegunta idiota.

—No estaba seguro de haber pasado sólo una noche y esta mañana en su poder.

—¿Vas a contármelo? —se impacientó ella.

—Cuando salga.

—Te preparo algo de comer.

Volví a quedarme solo. Me vestí. La ropa me venía casi a la medida. Quizás una talla de más. Y era buena. Recordé que tan sólo una semana antes, el jueves, yo había estado con Agustín Serradell, escuchando la historia de la desaparición de su hijo Santi. Una semana.

Y ya estaba de mierda hasta el cuello.

Natalia se encontraba en la cocina preparándome algo más que un tentempié. Una sopa humeaba en un cazo, dos bistecs de dos centímetros de grosor se tostaban en una parrilla, había hecho ya una ensalada y el pan crujía bajo mis ojos ávidos. No faltaba una fuente de quesos, tal vez de postre.

—¿Te gusta muy hecha o poco hecha? —preguntó refiriéndose a la carne.

—Muy hecha.

Quitó uno de los bistecs. El suyo.

—¿Estás en condiciones de poner la mesa?

—Sí.

—Pues las cosas están en el aparador de la izquierda. Te doy dos minutos.

Hice lo que me decía y puse la mesa. Ella apareció con una bandeja en la que lo había dispuesto casi todo. Hizo un segundo viaje por el agua y dos cervezas. Cuando nos sentamos me sirvió directamente y esperó a que tomara el primer sorbo de sopa. Era muy buena y me sentí mucho mejor. Con el segundo ya no pudo más.

—¿Que pasó?

Se lo dije, a grandes rasgos. El secuestro, la paliza, las preguntas...

—¿Militares? —frunció el ceño al mencionárselo yo.

—Eso creo. Sabían dónde pegar.

—Daniel, esto no me gusta nada —se estremeció.

—Ni a mi.

—¿Cómo te han dejado marchar? ¿Y de dónde has sacado ese móvil? No entiendo...

Yo tampoco lo entendía. Miré su carne poco hecha, aún intacta.

—He despertado poco antes de llamarte. La puerta de la habitación estaba abierta, yo desatado y esos dos... muertos.

—¿Qué? —se inclinó sobre la mesa.

—Uno tenía un tiro en la cabeza, y el otro dos en el pecho. Quién los haya frito me ha hecho un favor.

—Dios —ahora estaba pálida.

—No sé qué está pasando, pero desde luego tiene que ver con lo que estoy buscando.

—¿Por qué no has llamado a la policía?

—¿Y que les digo, que soy un periodista, que estoy investigando por mi cuenta el asesinato y desaparición de un español hace casi veintisiete años y que no tengo ni idea de quién ha matado a esos dos? ¿Crees que me creerían?

—No —suspiró ella—. ¿Piensas que haya sido una casualidad?

—No —seguía bebiéndome la sopa a toda velocidad. La acabé y pasé a la carne. Dejé la ensalada para el final—. Alguien los ha enviado al otro barrio para que yo pudiera escapar. Y tampoco fue una casualidad lo de ayer. Ahora ya no.

—Entonces... ¿nos vigilan?

—Más bien nos cuidan, ¿no?

—¿Por qué?

—No lo sé. Pero es posible.

—¿Quién?

No tenía tantas respuestas. De hecho no tenía ninguna respuesta. Devoré la carne mirándola a los ojos. Me costaba masticar a causa del puñetazo en la mandíbula. Debajo de su seguridad, de la barrera que a veces ponía entre ella y el mundo, se me hacía cada vez más vulnerable. De pronto estaba atrapada en algo que no controlaba. Toda su estructurada vida se tambaleaba.

Y debía decidir si estaba de acuerdo o no.

Cogió el tenedor y el cuchillo y empezó a comerse su bistec.

—¿Existe la posibilidad de que te dejaran allí para que la policía te encontrara con esos cadáveres y te acusaran?

—No —fui categórico—. La policía tuvo tiempo de llegar estando inconsciente. Ellos estaban ya fríos cuando yo abrí los ojos. Y en el rato que estuve fuera esperándote no oí ninguna sirena.

Nos acabamos la carne, los dos. Yo ataqué la ensalada con la misma devoción. Todo estaba muy bueno. Hasta el pan. Mientras me bebía la cerveza sonó una vez más el móvil.

Los dos lo miramos como si él pudiera ofrecer imágenes nuestras a quien llamase.

Me levanté y lo cogí. En la pantalla vi el mismo número que había llamado las otras veces. Dejó de sonar tras la séptima señal. Decidí echarle una ojeada y manipulé sus aplicaciones. Examiné los diez últimos números con los que había operado.

—¿Tienes papel y una pluma?

Se levantó, abrió un cajoncito y me pasó un bolígrafo y un bloc. Anoté los números. El que había estado llamando se repetía cinco veces, uno se repetía dos, y luego había tres números más, todos distintos.

—¿Probamos? —indiqué el número principal.

Volvió a levantarse y me acercó su inalámbrico para conservar la batería del móvil el máximo de tiempo posible. Quizás lo necesitásemos. Marqué el número y esperé.

Nadie respondió. Ni siquiera salió un contestador automático.

Lo intenté con los demás.

Uno resultó ser de una pizzería de entregas a domicilio, otro de un videoclub, otro más de un lugar llamado Residencia Galcerán y en el cuarto sí salió un contestador automático. Una voz de mujer anunció que estaba fuera y que dejara mi recado al oír la señal. Corté la comunicación.

—¿Por qué no te acuestas un rato? —me sugirió Natalia.

Lo necesitaba.

—¿Tienes sitio?

—Aunque no lo tuviera, siempre está mi cama.

—¿Qué harás tú mientras tanto? —fue una pregunta sin segundas.

—Saldré a ver qué puedo hacer con ese número de teléfono.

—¿Puedes saber de quién es?

—Puedo —fue escueta.

—Está bien —me rendí sin fuerzas para volver a salir y enfrentarme al jodido mundo.

Terminamos de comer, apuramos las cervezas, y después ella recogió la mesa sin dejarme hacer nada. Me indicó la puerta de su habitación y otra que era la de mi posible cama para que escogiera mientras se puso la chaqueta.

—¿Te despierto o te dejo dormir hasta que lo hagas por ti mismo?

—Con un par de horas será suficiente.

—Hasta luego.

Salió de allí con su determinación por bandera y me dejó solo.

Solo en su casa.

Lo primero que hice fue descolgar el teléfono y marcar el número de Juanma Sabartés. En España era de noche, pero él me había asegurado que estaría las veinticuatro horas disponible. Casi me sorprendía que no me hubiese telefoneado al hotel ninguna vez. Me relajé y esperé, aunque no tuve que hacerlo demasiado. Desde luego, o tenía el teléfono colgado del cuello o estaba a su lado cuando sonó.

—¿Sí? —oí su voz a miles de kilómetros de distancia.

—¿Sabartés? Soy Daniel Ros.

—Señor Ros. ¿Cómo está?

No quise decirle la verdad. Igual se alarmaba. Pero sí quería que supiera que las cosas iban mal en relación a lo suyo. Para que se fueran preparando.

—Esto es un callejón sin salida —le anuncié despacio.

No me respondió.

—¿Sabartés?

—Estoy aquí, señor Ros. Estoy aquí.

—¿Ha oído lo que le he dicho?

—Sí.

—¿Y?

—El señor Serradell confía en usted —se salió por la tangente que más le convenía—. Sabemos que está haciendo todo lo que puede y que al final...

—Sabartés, el final puede que llegue mañana mismo volviéndome.

—El señor Serradell nunca se equivoca cuando escoge a alguien —me dijo.

No supe si lo decía para darme moral o si era para advertirme de que más me valía no regresar a casa con las manos vacías. De pronto su voz se revistió de frío en la distancia.

—¿Tienen buenos abogados? —pregunté sarcástico.

—Los mejores.

—Prepárelos, por si acaso —pensé en los dos muertos de la fábrica.

—Ánimo, señor Ros.

Eso era todo. Ni me preguntaba a qué venía lo de los abogados.

Colgué el auricular del inalámbrico y me levanté. Con la comida reposando en mi interior, la idea de echarme un rato se me hacía cada vez más atractiva. Arrastré mis pies hasta la habitación de Natalia y entré en ella. Olía muy bien. Olía a su piel y a su pelo. Olía a libertad. Pero mi cama era la otra, por lógica, así que me dispuse a salir de allí. Sólo había querido verla, quizás para imaginármela en ella.

Entonces vi la fotografía.

Estaba en un portarretratos de plata, en la mesilla de noche. Era de un hombre curtido, que sonreía con galanura a la cámara, en blanco y negro. El hombre llevaba una gorra, aunque no de la marina, sino de la aviación. Unas alas me dieron la pista. Era atractivo, fornido, más que yo.

Llevaba su ropa.

Dejé el portarretratos en su sitio, en la misma posición para que Natalia no sospechara de mi intrusión, y salí de su habitación para irme a la mía. La cama era individual, no olía a ella, no olía a nada.

Me tumbé tal cual, sin fuerzas para quitarme la camisa y los pantalones del de la gorra, y cerré los ojos.

Creo que me dormí antes de dar el primer suspiro.

20

Natalia regresó tres horas después. Yo ya estaba despierto. Había dormido poco más de dos horas y luego me había despertado sudoroso y angustiado, con agujetas a causa de la paliza. En el lavabo examiné mis heridas de guerra. El moratón de la barbilla se extendía, el chichón de la cabeza era como una pelota de golf, o como si mi cerebro se estuviese ampliando con un anexo, y en el torso la piel ya había adquirido un tono violáceo nada prometedor, a modo de hepatitis terminal. Parecía cirrótico.

Cuando ella abrió la puerta yo me estaba preguntando si sería muy descortés por mi parte abrir el armario de su habitación. Donde había unos pantalones y una camisa de hombre, por fuerza debía haber más. Su aparición despejó las dudas. En la televisión emitían una película de Clark Gable y Carole Lombard. La apagué de inmediato.

—Hola —me saludó con una sonrisa y con uno de sus besos de cortesía en la mejilla opuesta al golpe recibido horas antes—. ¿Cómo te encuentras?

Parecíamos una pareja normal y corriente. Ella regresaba a casa del trabajo y yo, apalancado delante de la tele, me preguntaba de dónde diablos podía volver tan fresca como una rosa. La diferencia era que en mi caso no podía levantarme y abrazarla como cualquier marido enamorado. Sólo mirarla.

—Mucho mejor.

—¿Has dormido?

—Sí, como un lirón. Acabo de despertarme.

—Tengo algunas buenas noticias, o casi —dejó la chaqueta, el bolso y varios periódicos sobre una silla y se sentó delante de mi con el rostro iluminado aunque grave—. La primera es que he averiguado de quién es ese número del móvil.

—¿De quién es?

—De una asociación de veteranos.

—Mierda —rezongué.

—¿Por qué te crees que al entrar te he dicho que eran buenas noticias "o casi"?

—Alguien está protegiendo la memoria del pasado.

—Entonces Reinosa sabe que le buscas.

—Quizás él no. Fue a los hijos de Zarco a quienes les dije que yo me llamaba Daniel Ros y estaba en el Santiago Park Plaza. Ahora me doy cuenta de que sólo ellos o el propio Zarco pudieron mandarme a esos dos matones y tan rápido.

—Tiene sentido —reconoció Natalia.

—¿Y las otras buenas noticias? Has dicho que tenías más.

Expandió una sonrisa de oreja a oreja que me llenó de ánimo.

—He conseguido averiguar el paradero de los Acevedes.

—Pero Pablo Acevedes murió.

—Tenía mujer y una hija. Su última dirección es de Valparaiso. Puede que la esposa sepa algo. Dijiste que Acevedes murió hace tan sólo cinco años.

—Es una posibilidad.

Remota, pero no se lo dije. Daba la impresión de sentirse muy orgullosa y satisfecha con sus averiguaciones.

Y de todas formas no teníamos nada más, salvo volver a casa de Marcelo Zarco y ver la forma de apretarle las tuercas.

—¿Cómo has conseguido todo eso?

—Tengo un amigo en la policía. Me va bien para determinados reportajes. Ha sido él quién me ha facilitado lo de la asociación de veteranos. Lo de Acevedes ha sido cosa de otro amigo: Lucio Ania. Está en Amnistía Internacional.

—¿Amnistía?

—Claro. No sé cómo no se nos había ocurrido antes. Ellos tienen unos archivos muy completos. He pasado por la oficina y he tenido suerte. Lucio no siempre está.

—¿Qué te ha dicho?

—No tenían nada de Osvaldo Reinosa ni de Marcelo Zarco, ni les constaban los nombres. Me ha parecido sorprendente tratándose de dos militares torturadores.

—Quizás estuviesen limpios hasta el momento de detener a Fortunato Laval y matarle, y sin nada que los relacionara con su desaparición... Todavía ignoramos dónde fue y qué pasó.

—En cambio sí tenían información de Pablo Acevedes —continuó Natalia—. Dos causas pendientes contra él. Su muerte impidió que progresaran.

—¿Que clase de causas?

—Testigos citándolo en el lugar de unas muertes y un tiempo, aunque breve, en uno de los campos de interrogación y tortura de la DINA. No es que sea una prueba pero...

—Genial —exhalé.

—¿Qué esperabas? La Ley de Amnistía de 1983 promulgada por los propios militares para protegerse los dejó a todos a salvo. Hasta 1990 no volvió a ponerse en marcha el aparato de la justicia, y aún así, con hombres nombrados por Pinochet y los suyos en todas partes...

—¿No tienes más amigos?

—No entiendo...

—Nada, no me hagas caso. Has resuelto el misterio de mis secuestradores y me has dado una nueva pista. Tal vez debieras llevar tu la investigación.

—¿Te pasa algo?

—No, es sólo... cansancio.

—Y la paliza.

—También.

—Mañana iremos a Valparaiso, ¿de acuerdo?

—Antes he de volver a intentarlo con Zarco.

—¿Y si es peligroso? A estas horas puede que ya sepan lo de esos dos muertos.

—No creo que les convenga airearlo. No son idiotas.

—Pueden volver a cogerte.

—Me arriesgaré. Será mejor que no vengas conmigo.

—Estoy contigo —me recordó sin que por su tono quedasen muchas dudas al respecto—. Y te recuerdo que me necesitas, aunque sólo sea por el coche... o por mis amigos.

—Perdona.

—Para empezar vas a quedarte aquí a dormir —cambió de tema—. Puede ser peligroso que vuelvas a tu hotel.

—Escucha —la detuve—. Necesito mi ropa, y quiero ver a Zarco esta noche, antes de que mañana vayamos a Valparaiso. Eso no admite discusión. Ya me encuentro bien. Voy al hotel, me cambio, y vamos a por Zarco.

—Lo que no admite discusión es lo que yo te estoy diciendo —me plantó una mano en el pecho empujándome hacia atrás—. ¿Estás loco? Vas a quedarte aquí, con esta ropa, te guste o no, y dormirás tranquilamente en esa habitación. Mañana nos levantaremos temprano, iremos al hotel, te cambiarás, veremos a Zarco y luego nos marcharemos a Valparaiso. Y punto. ¿Quién te crees que eres, Superman? ¡A ti te conviene descansar y relajarte unas horas! ¡Por Dios, hoy casi te matan! ¿Te has mirado en el espejo?

—Natalia...

—Vamos —se echó a reír tras la arenga anterior—. Déjame que haga de esposa. Me apetece. He comprado los periódicos de hoy. Te los lees mientras yo te preparo la cena. Después charlamos, vemos la televisión...

Era un plan seductor.

Pero no me atreví a preguntarle por el de la gorra de aviador.

—¿Y después?

—¿Después qué?

Primero no había entendido mi sutileza. Pero lo hizo, casi de inmediato. Alzó las cejas y frunció el ceño. Lo mejor fue su sonrisa. Era muy dulce.

Casi me engaño.

Se acercó a mi y me dio un beso en la comisura de los labios.

—Sólo me faltaría enamorarme de un español —susurró hundiendo sus ojos en mi.

Eso fue un segundo antes de que se levantara para dirigirse a la cocina.

21

Los periódicos hablaban de Pinochet, de Guzmán, del ya casi seguro e inminente anuncio del proceso al dictador por homicidio, de las protestas en contra del mismo y de las peticiones para acelerarlo, de las declaraciones de los abogados, la familia, y de tal general echando o quitando leña del fuego o de los nuevos datos aportados por cualquier familiar de un desaparecido.

Para ser un tema que pesaba como una losa sobre los chilenos, hartos de él según Natalia, allí había mucha letra impresa poniéndolo en primera fila.

También se hablaba de los documentos que la CIA había empezado a desclasificar.

Leí el artículo en La Tercera. Nada de 700 como anunció la prensa en España. Se decía que eran 16.000, bastantes más de los esperados o de lo que se había dicho, pero aún pocos en comparación con los miles más escondidos en los archivos de Washington. Y por supuesto, eso sí, salían muy censurados. La fotocopia del mío lo estaba, y sólo hacía referencia a la muerte de un sindicalista de tercera y de dos chicos jóvenes. Me sorprendió que varios de los documentos, según el periódico, citaran a Nixon. Se sabía ya la verdad de la implicación americana, pero faltaban las pruebas escritas. Según ellos, el presidente de los Estados Unidos tenía "el compromiso de hacer todo lo posible para evitar que Allende llegara al poder, y una vez en él, lo mismo para derrocarlo". Extraño que se desclasificaran papeles haciendo mención al loco paranoico de Nixon y al "Premio Nobel de la Paz" Henry Kissinger. Dios, a Gandhi no le habían dado jamás el Nobel de la paz y en cambio a "Kissinkiller", como lo llamaba yo de joven, sí. A veces la vida era un amargo contrasentido. Nixon fomentó un intento de golpe para evitar que Allende asumiera su cargo, después de ganar Allende prometió arruinar la economía chilena, y lo había conseguido, y como colofón estaban los 8 millones de dólares finales en la consumación del golpe, aunque ese curioso dato yo sólo lo conocía a través de la película "Desaparecido", de Costa Gavras. Pinochet y los militares no lo habrían logrado sin Nixon y la connivencia americana. Según La Tercera, otro de los documentos hacía referencia al asesinato del general Rene Schneider en 1970. Se trataba de aislar a Allende, sembrar el clima propicio en Chile y favorecer que los militares se rebelaran.

Seguí leyendo. Otro articulo implicaba al ex presidente Patricio Aylwin en un atentado a cargo de Pinochet. El propio Aylwin, en una entrevista, manifestaba que no creía que Pinochet, al que derrotó en las urnas, pensara quitárselo de en medio en 1989 para impedir la transición democrática. Sin embargo, también había referencias a ello en los documentos que iban a desclasificarse. Leí: "El informe de un agente de la CIA, cuyo nombre ha sido tachado, y que en aquellos días lideraba un grupo de ultraderecha, planeó impedir la transición a la democracia a través del asesinato de Aylwin o mediante atentados que iban a ser atribuidos a la extrema izquierda". Siempre la misma sucia historia.

En El Mercurio, la otra cara de la moneda. Un editorial

decía que si se consumaba el proceso a Pinochet, algo ya cantado y de inminente publicación, el Ejército pediría una convocatoria del Consejo de Seguridad Nacional. Pensé que era algo increíble, imposible de entender. El Consejo sólo tenía facultad de reunirse en caso de crisis nacional. Si lo hacían, pasando por encima de todo, todavía era una demostración de fuerza, de aviso, de pulso al poder. El presidente Ricardo Lagos aseguraba que no iba a suceder nada, pero yo no estaba tan seguro. Quizás aún dependiese más de Pinochet que del general Izurieta, el Jefe del Estado Mayor. Un segundo artículo de El Mercurio recogía las declaraciones del principal abogado de Pinochet, Pablo Rodríguez, que casualmente, entre 1970 y 1973, había encabezado el movimiento de ultraderecha Patria y Libertad, uno de los flagelos más duros de Allende y de la sociedad chilena. Rodríguez manifestaba que si la fiscalía ordenaba el procesamiento del dictador, presentaría un recurso de amparo.

Y vuelta a empezar.

La historia interminable.

Y aún así, el juicio a Augusto Pinochet Ugarte de hecho se había iniciado en octubre de 1998, con su detención en Londres.

Todo el mundo lo había declarado ya culpable.

Aunque él viviera aún ajeno a su responsabilidad, protegido por aquellos a los que había dado paz y seguridad, y a los que había hecho ricos, matando a "los que sobraban" y dando un giro de timón a toda una nación.

Natalia entró en la sala en ese momento y comenzó a poner la mesa. Llevaba casi una hora leyendo los periódicos, y ni me había dado cuenta. Volvía a dolerme el cuerpo, pero también volvía a tener hambre.

—¿Algo de nuevo? —me preguntó—. Yo no he tenido tiempo de leer nada.

—Un poco más de lo de siempre —dejé los periódicos a un lado.

—¿Cómo estás?

—Bien —mentí.

—¿No ha vuelto a sonar el móvil?

—No.

Alargué la mano y lo cogí. La batería debía de haberse terminado mientras dormía. Estaba apagado.

—Se acabó —suspiré.

Hubiera deseado que se sentara a mi lado, que habláramos en el sofá. Quería volver a aspirar aquel perfume que había penetrado en mi pituitaria al sumergir mi nariz en su pelo horas antes, cuando me recogió hecho una piltrafa. Pero se retiró de nuevo. Era como una hormiga. Iba y venía sin parar, de la cocina a su habitación, de su habitación a la mía, y luego al baño y vuelta a la cocina. Una maniática de la limpieza y el orden. O también alguien desesperado. Alguien que debe ocuparse las veinticuatro horas del día, aunque sea en labores nimias, para no pensar, o para sentirse en activo, o para...

Me levanté y fui a la cocina.

Natalia estaba en un pequeño patio trasero, poniendo una lavadora.

—¿Qué haces?

—¿No lo ves? Hay que estar en todo.

—Ya.

—¿No te ocupas tú de tu casa?

—Tengo una mujer que me hace la limpieza.

—Muy cómodo —bufó.

Quería seguir hablando, pero no hubo forma. Me sacó a empujones de la cocina y me obligó a volver a la sala. Renuncié a los periódicos, porque estaba deprimido, y puse el televisor. No pillé ningún informativo, así que no me enteré de nada referente a la pelea del día anterior frente a

148

la Corte de Apelaciones. Al recordarlo cogí de nuevo los periódicos y pasé todas sus páginas. Nada acerca de aquel disparo.

Me pasé una mano por los ojos. La sensación de irrealidad se acentuó por momentos.

Me entretuve viendo un estúpido concurso sólo porque era de música y respondí a algunas preguntas relativas a Genesis, Yes, King Crimson, Emerson, Lake & Palmer y otros grupos de los 70. Después llegó el momento de la cena. Natalia era buena, y la comida también. Apenas si hablamos mientras dábamos buena cuenta de ella. Pero a la hora de los postres y del relajamiento final, fue ya inevitable.

Y Natalia la que rompió el fuego.

—¿Qué pasó entre tu y tu mujer?

Esperaba cualquier cosa menos aquella, así que me pilló de improviso.

—Nada, ¿que quieres que ocurriera?

—Pero os separasteis.

—Yo estaba muy metido en mi trabajo, y ella lo acusó. Eso es todo. La misma historia de siempre.

—¿Cuando se casó contigo no sabía cómo eras?

—Sí, pero todos pensamos que luego podremos cambiar al otro, y cuando no es así...

—¿Por qué no te has vuelto a casar?

—Ya salió mal una vez. No tengo ganas de repetir.

—Aún la quieres.

No respondí. No era necesario.

Me dio por pensar en Ángeles, al otro lado del mundo.

—Yo estuve casada, ¿sabes?

Tampoco esperaba esa confesión por su parte.

—Creía que eras soltera. El primer día me dijiste que pasabas de ataduras, que te gustaba tu trabajo y que no era fácil de compaginar con una pareja, que amabas tu libertad, que no tenías a nadie y que eras ambiciosa.

—Siempre es mejor decir que eres soltera a decir que eres viuda, sobre todo con desconocidos —sonrió con misterio.

—¿Eres... viuda? —farfullé.

—Ajá.

—Eso sí es...

—Ya ves —se encogió de hombros—. Fue antes de que me pusiera a trabajar de firme como periodista. Tuve que obligarme a muchas cosas, y a recuperar la ambición que dejé dormida cuando me casé con Arturo. Por eso ahora amo mi libertad, como te dije.

—¿Quién era él?

—Oficial de vuelo de LAN Chile.

Me sentí un poco culpable. Había llegado a pensar que el de la fotografía de su habitación era piloto de combate o algo así. Militar. Sentí unos terribles deseos de pedirle perdón dándole un abrazo.

Supongo que cuando a uno le vapulean dos energúmenos y piensa que va a morir, lo que más necesita luego es una mujer, aunque no cualquier mujer.

Alguien como Natalia.

Y ella tenía razón. Era una estupidez.

—¿Cómo murió?

—Un accidente automovilístico —bajo la cabeza y hundió los ojos en la mesa—. Siempre decía que nunca moriría en el aire, que jamás se caería en su avión. Y tuvo razón. Un loco borracho se saltó un stop y lo arrolló. Fue instantáneo.

—¿Cuanto llevabais casados?

—Dos años, más otro de relaciones y también de convivencia. Pero le conocía de antes. Primero fue mi pololo —explicó el término al darse cuenta de que yo no lo asimilaba—. Un pololo es alguien con quien se sale aunque sin compromiso inicial aparente. En nuestro caso fue el preludio.

—¿Vivíais... aquí? —me sentí de nuevo incómodo.

—No.

—Así que una vez sola... decidiste tomar las riendas de tu vida y empezar de nuevo.

—Así es.

—Lo has conseguido.

—Yo no estoy tan segura.

Acabábamos de cenar, pero se levantó de pronto dando por terminada la conversación para empezar a recoger la mesa, según su orden natural. No pude impedírselo. El momento de pausa, de confesiones, quedó olvidado en un abrir y cerrar de ojos. Incluso me dijo desde la cocina:

—Será mejor que no veamos la televisión, o nos acostaremos muy tarde si nos ponemos a charlar. Tú deberías acostarte temprano. Mañana habrá que madrugar si queremos ir y volver de Valparaiso en el día además de tratar de ver a Zarco.

Adiós a nuestra velada íntima.

—¿A cuanto está Valparaiso de Santiago?

—Dos horas.

—¿Que vas a hacer tú ahora?

—Leo cada noche un rato.

Leía.

Miré los periódicos, miré la televisión apagada, miré mi entorno, recordé su cama, recordé la mía.

Cerré los ojos.

Todo aquello me había afectado desde el primer momento. Chile.

Sí, Natalia tenía razón.

22

Dormí de fábula, aunque me costó mucho, muchísimo, conciliar el sueño. Di dos docenas de vueltas en la cama, con Natalia en la cabeza, y estuve a punto de levantarme en un par de ocasiones, para ir al baño, o verla leyendo, o simplemente hacerme el encontradizo con ella. Lo consideré infantil y eso fue todo. Por fin me pudo la naturaleza y el eco de la paliza. Cuando abrí los ojos por la mañana, ella estaba allí, a mi lado, envuelta en una bata de seda.

—Daniel, vamos, levántate. ¿Estás bien?

Ya se había duchado, olía a vida. Extendí mi mano para tocarle el cabello todavía húmedo y no se apartó. Su rostro era como una luna llena, radiante en su belleza de rasgos firmes. Estuvimos así unos segundos. Luego me sonrió, me dio uno de sus habituales besos en la mejilla sana, siempre uno, a la chilena, y se levantó.

—Ya me he duchado. El desayuno estará listo en cinco minutos. Muévete.

Me moví. El tono violáceo de mi mandíbula era como de Cuaresma o Semana Santa. El del pecho seguía más bien amarillento. El chichón se mantenía. Una ducha, la ropa prestada del día anterior porque la mía estaba hecha un asco a pesar de que ella la había lavado y ya estaba seca, el desayuno casi en silencio, lleno de miradas de ida y vuelta, y por último la escapada. Era hora de volver a la realidad.

A Serradell.

Natalia se había puesto cómoda, como para ir a la montaña o a la playa, vaqueros, una camisa tejana y una cazadora de piel. Nos metimos en su coche y hablamos de trivialidades de camino a mi hotel. No estaba lejos, porque llegamos en veinte minutos. Detuvo el vehículo en el espacio reservado y me bajé dispuesto a ser lo más rápido posible. Subí a mi habitación y como ya me había duchado lo único que hice fue cambiarme de ropa y volver a bajar con la otra en una bolsa de plástico. Justo al salir a la calle me toqué los bolsillos de mi chaqueta y me di cuenta de que había olvidado la cartera arriba. Le hice una seña para que esperase un minuto y retrocedí inesperadamente y a la carrera.

Fue entonces cuando choqué con él.

Era un tipo alto, cinco o siete centímetros más que yo, rostro enjuto, seco, ojos penetrantes. Llevaba un bigote frondoso y era medianamente calvo, o sea de esos con mucha frente. Me lo encontré casi encima, saliendo también por la puerta, así que lo arrollé.

—Perdón.

—Tranquilo —no le dio importancia.

Seguí corriendo, me metí en el ascensor y subí a la octava. Recogí la cartera así como la fotocopia del documento de la CIA y volví a bajar. Natalia había puesto la radio del coche y escuchamos música de camino a la casa de Marcelo Zarco. A medida que nos acercábamos recuperé los nervios. Ella también los tenía a flor de piel, se le notaba en la conducción. Los dos bestias que yacían muertos en la fábrica sólo podían haber sido enviados por Zarco o sus hijos.

Ese era el punto.

Estuve por decirle a Natalia que se quedara en el coche, con el motor en marcha y la puerta abierta, por si tenía que salir a escape.

Maldito Agustín Serradell.

Natalia tampoco las tenía todas consigo. Cuando bajamos del automóvil, casi frente a la puerta del edificio, me dijo:

—Será mejor que no cierre la puerta con llave.

Caminamos hasta el portal y no nos detuvimos hasta llegar frente a la puerta tras la cual vivían los Zarco. Llené los pulmones de aire y la golpee una, dos, tres veces. En esta ocasión no hubo pelea ni gritos, sólo silencio hasta percibir el rumor de unas zapatillas arrastrándose. Las mismas zapatillas que la primera vez. La que apareció en el quicio fue la mujer. Su cara se quedó blanca al verme.

—Señora Zarco, he de ver a su marido —fueron mis buenos días.

Estaba preparado por si me cerraba la puerta en las narices, y por si aparecía uno de los tres hijos con apariencia de consumidores de esteroides anabolizantes, pero ni pasó lo primero ni aparecieron los segundos.

—Por favor, señor... —gimió agotada.

Extraje la fotocopia del documento de la CIA y se la tendí abierta.

—No tengo nada contra su marido, pero o habla conmigo, sin echarme a nadie encima, o esto verá la luz —la amenacé.

La mujer tomó el documento de mi mano y lo leyó, despacio, o tal vez fuera que no dominaba mucho el arte de la lectura. Cuando llegó a la parte crucial, la de los nombres de su marido, de Reinosa y de Acevedes, se le llenaron los ojos de lágrimas. Pero no lloró. Acabó de leer y se enfrentó a mi de nuevo, en silencio.

—Sólo es una pregunta, señora —insistí.

Soltó de golpe el aire retenido en sus pulmones y sin decir nada dio media vuelta. Caminó, o más bien dicho, arrastró sus pantuflas por el suelo, produciendo aquel extraño siseo, y se apartó de nosotros hasta desaparecer al fondo del pasillo, tras una puerta. Debieron transcurrir algo más de dos minutos, porque el tiempo se me hizo eterno. Sentí los ojos de Natalia fijos en mi un par de veces, pero yo resistí la tentación de devolverle la mirada y seguí con mis cinco sentidos puestos en aquella puerta.

La mujer reapareció por fin, sin el documento. Volvió hasta la entrada sólo para decirnos:

—Pasen —y nos invitó a entrar.

Lo hicimos, y la seguimos de regreso hasta el final del pasillo. Una vez allí nos cedió la entrada y se quedó atrás, para cerrar la puerta. Nada más trasponerla vimos a Marcelo Zarco.

Tendría unos cincuenta y cinco años, aunque en eso me podía pillar los dedos, porque su aspecto era errático, cabello despeinado y gris, barba de varios días, ojos rojizos y castigados por la edad, una camisa no muy limpia, pantalones manchados, aspecto de derrota. El lugar era una especie de taller casero para llevar a cabo manualidades o lo que fuera aquello. Vi herramientas, maderas, algunas tallas, más mugre que limpieza y una ventana que daba a un patio posterior. El ex sargento estaba de pie en mitad del lugar, con el documento en las manos. Nos estudió con ira, a los dos, pero más a mi que a Natalia.

—¿Qué quieren? —acabó preguntando ante nuestro silencio.

—Que nos diga donde está Osvaldo Reinosa o el paradero de la tumba donde enterraron al chico español, Santiago Serradell.

Frunció el ceño.

—¿De dónde han sacado esto? —agitó el papel.

—De la CIA.

—Es falso.

—No lo creo.

Pasó de la ira al odio, y del odio al cansancio.

—Yo no sé dónde está esa tumba —confesó huidizo.

—¿Y Reinosa, sabe dónde está él?

—Tampoco.

—No es tan sencillo, señor Zarco.

—¡Me importa poco que sea sencillo o no! —tuvo un conato de rebeldía—. ¿Es usted policía?

—No, soy periodista —extraje mi cartera y de ella mi credencial para apoyar mis palabras, aunque Zarco ni le echó un vistazo—. Me envían el padre del muchacho español. Quiere recuperar el cuerpo de su hijo. Y está dispuesto a pagar por ello. Es la verdad.

Pagar a los asesinos de su hijo. Seguía pareciéndome irreal. Pero pensé en la ansiedad del millonario ante su propia muerte, queriendo cerrar el círculo de su propia vida.

Yo no era más que un mandado.

Por más asco que me diera aquel desgracia que tenía delante.

—Está loco —rezongó el hombre.

—No lo está él, ni lo estoy yo. Al diablo lo que sucedió —intenté ser persuasivo, que no se me notaran mis sentimientos—. Todo se limita a eso: una tumba. No hay ninguna venganza. Si hay un culpable será Reinosa.

—Ahí sale mi nombre.

—No le pasará nada. El cuerpo será desenterrado y repatriado a España.

—Ese documento, ¿es uno de los que están saliendo ahora a la luz?

No era imbécil.

—No lo sé —mentí—. En cualquier caso, sirve para ponerlo sobreaviso y contratar un abogado, o tal vez huir. Siempre puede decir que obedecía órdenes, como han hecho todos. Osvaldo Reinosa es el culpable —insistí buscando una forma de acercarme a él.

—No sé nada de Reinosa desde hace veinte años.

—¿He de creerle?

—Es la verdad.

—Vamos, señor Zarco. Ayúdeme y se ayudará.

—¡Ni siquiera recuerdo eso! —agitó el documento antes de estrujarlo entre sus manos y echarlo al suelo.

—Sí lo recuerda —manifesté yo con calma—. Lo recuerda muy bien, salvo que torturase a tantos que...

—¡Yo no torturé a nadie!

—¿Lo hizo Reinosa?

Su pecho subía y bajaba al compás de su última explosión de rabia. Sus ojos eran violentos, pero también mostraban temor, agotamiento. Éramos las ratas que asolábamos su paz, pero de alguna forma el pasado también pesaba en su conciencia y en sus recuerdos. Creo que comprendí en ese momento que nunca diría la verdad, porque no podía, porque sería tanto como decir lo que hizo, cómo lo hizo, cuándo lo hizo. Decir que era una bestia. El Informe Rettig hablaba de tantas atrocidades, tantas formas de infringir dolor, tantas crueldades infrahumanas...

—Fue Reinosa, ¿verdad? —volví a insistir.

—Todo aquello pasó... hace mucho tiempo —exhaló extenuado—. Reinosa tenía una cuenta pendiente con Laval, nada más. Era un pobre diablo. Simplemente fue a por él.

—¿Algo personal?

—Sí.

—Y tuvo que matar a los otros dos.

—Tal vez, no sé —se mantuvo en sus trece.

—¿Dónde sucedió todo?

—No recuerdo, íbamos de un lado a otro.

—¿Mataron a tres personas y no recuerda dónde sucedió?

—Le repito que yo no maté a nadie —articuló despacio, pronunciando cada palabra con precisión.

—Dígame dónde está Reinosa. No le hablaré de usted, le doy mi palabra de honor.

Debió pensar que mi honor valía muy poco.

—¿Cómo quiere que se lo diga? No sé nada de él desde el 80, más o menos.

—¿Y de Acevedes?

—Tampoco.

—¿No sabe que murió?

—No.

—Miente usted mal, Zarco.

Para él fue la gota que rebosó el vaso.

—Váyase.

—¿Va a enviarme otra vez a sus gorilas del campamento juvenil? —bromee sin ganas, sintiéndome furioso e impotente.

—No sé de qué me habla.

—¿Y sus hijos? Buenos retoños. ¿Fueron ellos?

—¡Váyanse!

—Es usted un pobre estúpido, créame —me agaché para recoger el papel arrojado al suelo y por un instante creí que Zarco iba a echárseme encima, o algo peor. Fui un imprudente. Vi como su mano se movía hacia un martillo. Pero no llegó a agarrarlo. Me incorporé sin dar muestras de inquietud, dominándome—. Podría limpiar su conciencia, y además ganar un dinero que le vendría bien.

No me creía. Pensaba que si confesaba, se pondría la soga al cuello. Tan simple como eso.

Era como darse de golpes contra una pared.

Pero había dado con él. Quizás Agustín Serradell supiera qué hacer a partir de este punto.

—Buenos días, señor Zarco —me despedí echándole encima mi última mirada de furiosa resignación.

23

El paisaje entre Santiago y Valparaiso era hermoso. Primero algunas curvas, cambios, montaña. Después un túnel y hasta el tiempo y la naturaleza fueron distintos al otro lado. Verdor, una vida llena de color, sensación de libertad...

Era viernes, así que muchos ya adelantaban el fin de semana emigrando a la playa por la mañana a pesar de que la temperatura primaveral no era como para darse un baño. Traté de absorber aquello en silencio. El único diálogo referido a nuestra reciente visita lo habíamos tenido al salir de la casa:

—¿Qué piensas? —me preguntó Natalia.

—Que miente.

—En este caso nunca dirá la verdad.

—Probablemente no.

—Los militares tienen un código...

—Ya no es militar. Sólo tiene miedo. Mataron a tres personas, y se está enjuiciando a todos los asesinos con causas probadas. El tiempo, finalmente, le ha atrapado. Nuestro documento le ha puesto contra las cuerdas.

—¿Qué hará el señor Serradell?

—No lo sé. Tal vez denunciarlo a la policía, esperando que confiese antes de que él muera, pero... si no es así, sabe que morirá sin ver cumplidos sus deseos. Yo no he podido hacer más.

Arrancarle la verdad a golpes me habría convertido en una bestia, como habían sido ellos.

Y no era por falta de ganas.

Ahora oíamos la radio, música chilena, bandas de rock desconocidas para mi. La que sonaba era Muralla China, potente y muy buena. Después el locutor habló de las Escuelas de Rock de Santiago. Habían editado el volumen cuarto de su proyecto y pusieron temas recogidos en él. Metáfora, Demasía, Distorchon, Noneim, Los Desgraciados, P.M., Acaosis, Cuervo y K-Nival. Me alegraron un poco el día. Entre el dolor de mi cuerpo, todavía bajo los efectos de la paliza, y el fracaso de nuestra visita a Zarco, no me sentía demasiado bien. El rock siempre me pone a tono. Por lo menos.

—¿Te gusta la música? —quiso saber Natalia.

—Sí.

—¿Quiénes son tus...?

—Beatles, Dylan, Led Zeppelin —recordé que ella tenía compactos de música clásica y quise ponerme a su altura—. Pero para mi el más grande es Stravinsky. El día que de niño escuché la "Consagración de la primavera" fue... increíble.

—¿Te gusta la "Consagración"? —pareció extrañarse de que la conociera.

—Tengo una docena de versiones de ella. Suelo ponérmela a toda pastilla en mi casa.

Creo que gané como cien puntos en su estima. Pero ya no seguimos hablando del tema, porque llegamos a la bifurcación de la que me había hablado en un momento del camino. A la derecha la carretera iba a Viña del Mar, el lugar turístico por excelencia. A la izquierda se dirigía a Valparaiso.

La ciudad arrancaba en las laderas de las montañas y bajaba como un manto hasta el mar. Era grande, pero como Barcelona, atrapada por su dimensión geográfica entre la tierra y el agua. Antes de llegar a ella, sin embargo, comenzamos a ver las barracas y las chabolas de su cinturón de pobreza, las casitas humildes ancladas con largos palos sobre las colinas fangosas, a modo de palafitos de tierra. Parecían tan frágiles que se me antojaron irreales.

—Son famosas —me hizo notar Natalia—. Ni las lluvias ni los terremotos ni nada puede con ellas. Siempre se sostienen. Un milagro.

—¿En serio? —no lo pude creer.

—No siempre los pobres son las víctimas de las fatalidades. Aquí resisten bastante bien.

Descendimos hacia Valparaiso y nos sumergimos en la densidad de su tráfico. La ciudad era vieja, edificios oscuros y grandes, al menos los que se habían construido antaño frente a la línea de la costa. Pero hacia las montañas, escalando por las pronunciadas pendientes, todo era distinto. Humilde casas de colores rivalizando con villas de apariencia magnifica y empinadas calles que se perdían en sí mismas. Pasamos por una plaza en la que había infinidad de colas para tomar los colectivos o los micros. Todo era bullicio.

Natalia tuvo que preguntar por la calle a la que nos dirigíamos. Dos veces. A la segunda fue la vencida. Nos hicieron seguir hacia el norte. Por tercera vez paró el coche cerca de nuestro destino.

—Pregúntale a ese cabro —señaló a un chico de unos diez o doce años que pasaba por mi lado.

No tuve que romperme la cabeza demasiado para saber lo que era un cabro. Resultaba evidente, y más después de saber que un lolo era un adolescente. El muchacho apuntó al siguiente cruce y dijo que a la derecha. No encontramos aparcamiento en la calle, así que seguimos hasta el final y lo dejamos allí, en una zona de pago.

La casa de la viuda de Pablo Acevedes era elegante, con un viejo sabor rancio a modo de patina indeleble, pero también con un tono de calidad que no se nos escapaba. Tenía dos plantas y la fachada era de piedra, con las ventanas pintadas y las persianas de color rojizo como contraste. Mi mal humor, incrementado tras el fracaso de mi visita a Marcelo Zarco, se acrecentó. Acevedes estaba muerto, y su mujer, o no nos diría nada, o no sabía nada, que para el caso era lo mismo. Casi no tuve fuerzas para llamar a la puerta. Me la quedé mirando con impotencia. Así que fue Natalia la que lo hizo.

Después de un tercer intento comprendimos que allí no había nadie, ni tampoco una vecina amable a la que preguntar.

—¿Qué hacemos? —di rienda suelta a mi ofuscación.

—Es casi la hora de comer —apuntó Natalia—. Conozco un sitio estupendo.

Me cogió de la mano y tiró de mi. Lo hizo sabiendo que me estaba desmoronando. Me dejé arrastrar y llevar. Su mano encajaba muy bien en la mía, así que se la apreté y ella lo notó. Fue una transmisión de calor. El contacto se perdió a los diez metros, cuando ya me había rendido. Llegamos al coche y desaparcamos. Lo condujo de nuevo hasta el centro y aparcó por segunda vez en el reservado de un restaurante portuario. Vi tiendas de turistas, muchos perros sueltos, muchísimos, y también bandadas de gaviotas y otros pájaros. El restaurante era un merendero frente al mar, con aromas y sabores flotando, colgando de sus marquesinas. Escogimos una mesa al lado de la barandilla y esperamos a que un camarero se nos acercara. Natalia le dijo que primero tomaríamos un aperitivo.

—¿Quieres una chicha? —me preguntó.

—¿Qué es eso?

—Mosto de uva, o de manzana o de otras frutas a medio fermentar. Es dulce. Lo tomamos en las fiestas patrias, pero aquí lo preparan muy rico.

—No me gusta la uva, ni la manzana, ni tomo alcohol salvo cerveza, ya sabes —mi humor era de perros.

—Una chicha de uva para mi —le pidió al camarero—. Y para el señor una cerveza sin alcohol, que tiene que trabajar.

Estaba de buen humor, supongo que para contrarrestar el mío.

—Después de comer y de ver a la señora Acevedes, te llevaré a ver algo que te gustará.

—¿Qué es?

—Una sorpresa —se hizo la misteriosa.

Trajeron el mosto y la cerveza. También pedimos la comida. Pescado. Más allá de la bocana del puerto vi media docena de barcos de guerra anclados junto a una dársena. De pronto recordé que el golpe del 11 de septiembre de 1973 se había iniciado con unas maniobras militares en Valparaiso. Allí estaba la base.

Era como si la historia me persiguiese.

No se lo dije a Natalia, para no amargarle la comida. En aquel instante no éramos más que una pareja disfrutando de un día apacible, comiendo frente al mar. Yo mismo opté por darle la espalda a los barcos. Prefería mirarla a ella. El sol le daba de lado y brillaba de forma especial. Tenía los labios húmedos.

—¿Qué harás si se nos acaban las pistas? —hizo la pregunta más lógica aunque maldito fuera el momento.

—Regresar, supongo.

—Debes estar harto de esto.

—No —reconocí—. Me quedaría unos días más.

—Hazlo.

Me pregunté si era una promesa o una cortesía.

Pero me lo callé.

—Podrías ver el país. El desierto de Atacama es único, y más al sur, los hielos, Puerto Montt, las Torres del Payne... ¿Tienes trabajo en Barcelona?

—Siempre tengo trabajo —me encogí de hombros—. Me quedaría porque esto me gusta y porque cuando llegue todo el mundo estará ya inmerso en la locura de la Navidad a falta de un mes. Calles engalanadas, consumo, la preparación de las dos semanas de la hipocresía...

—¿No te gusta la Navidad?

—No, me pone nervioso. Todos los ritos me ponen nervioso. Se me dispara el mal humor. Durante quince días todo el mundo descubre que es bueno, y planifica hacer el loco el 31 de diciembre, y comprar regalos, y reunirse con la familia a la que odia y con la que se pelea invariablemente. Me resulta patético.

—Eres raro.

—Soy raro —asentí.

Trajeron la comida y nos olvidamos del tema, aunque seguimos hablando de trivialidades. Me contó su último viaje, a Bariloche. Le gustaba viajar. Sus ojos se llenaron de ensoñaciones al hablar de Iguaçu, y se agrandaron aún más al compartir con ella mi propia experiencia en las famosas cataratas entre Brasil y Argentina. Casi no nos dimos cuenta de que transcurría más de lo debido sentados en aquella mesa frente al mar. Logró que me olvidara de mi trabajo. Sólo al ver la hora de pasada reaccioné. Pagamos y nos volvimos a poner en marcha.

Nuestro segundo intento en la casa de piedra con las ventanas pintadas y las persianas de color rojizo fue tan infructuoso como el anterior. Nadie nos abrió, y no supimos a quién preguntar por la señora Acevedes. Estaba claro que si no la veíamos hasta la noche, regresaríamos muy tarde a

Santiago. Y si tampoco la localizábamos de noche... ¿Nos quedaríamos a dormir allí para no tener que regresar al día siguiente? Parecía lo más lógico.

Y desde luego que ni pintado.

Demasiado.

—¿Y si ya no viven aquí? —deslicé el cáncer de mi sospecha.

—Alguien debe vivir. La casa está cuidada.

—¿No te dijo nada más tu amigo de Amnistía?

—No.

—¿Y que hay de esa sorpresa que querías darme?

—¿Quieres?

—Por supuesto.

Volvimos al coche sin que me explicara de qué iba la cosa y tras ponerlo en marcha enfiló una de las calles que ascendían casi en un ángulo de treinta grados trepando por la montaña. Esta vez no preguntó nada a nadie, aunque se perdió un par de veces y tuvo que orientarse saliendo del coche para estudiar el terreno. Cuando por fin nos detuvimos vi que lo hacía frente a la entrada de una casa diferente a las demás, y no sólo por su aspecto moderno, sino también porque estaba como colgada sobre Valparaiso.

—¿Sabes dónde estamos? —me preguntó ella.

—No.

—Bueno, es más hermosa la de la Isla Negra, con sus colecciones de botellas, de cuadros, de barquitos, sus recuerdos, los mascarones de proa, esas maderas nobles... pero la de acá también tiene su encanto.

Se me encogió el corazón.

—¿Neruda?

—¡Claro! —estalló en una risa contagiosa Natalia—. Vamos, ven.

Y me tomó de la mano otra vez.

24

Entramos en la casa de Pablo Neruda en Valparaiso. Afuera, en el jardín, había un banco metálico con el perfil del poeta a un lado, gorra incluida, de forma que quién quisiera podía sentarse al otro e imaginarse que estaba cara a cara con él. Varios japoneses, siempre ellos, se estaban fotografiando entre aspavientos y gritos nada respetuosos. Natalia pagó las boletas. Mil quinientos pesos cada uno. En el vestíbulo había unas hojas plastificadas, explicativas de lo que podíamos ver a nuestro alrededor. En cada estancia, nuevas hojas hacían referencia a los detalles más significativos, el poema hecho a mano y depositado sobre una mesa o la cama del estudio o el mirador o la biblioteca con sus escasos libros. Los escalones eran de madera y gemían a nuestro paso respetuoso. La entrada real, la privada, daba a un callejón discreto y la puerta era de colores. Por ella entraba y salía el autor de "Confieso que he vivido". La vista sobre Valparaiso y el mar era espectacular. Yo también habría escrito maravillas allí.

Me sentí culpable de mi atrevimiento.

El bar, el santuario de Pablo en ésta u otras de sus casas, estaba vacío. Neruda siempre tenía un bar que se convertía en su templo personal, el centro de su universo familiar. A veces se pintaba un bigote con corcho quemado y servía a sus amistades, risueño. Era un loco curioso. Quería reencarnarse en águila. Ojalá lo hubiera conseguido aquel 23 de septiembre, para poder volar por encima de nuestras cabezas, libre.

Por lo menos yo me parecía a él en algo: a los dos nos gustaba dormir.

La hoja explicativa del bar, de color verde, contenía un poema dramático, con asesinato final. Arriba leí: "Aquí sólo "él" podía pasar tras la barra del bar: es el recinto sagrado del "Coquetelón", cocktail inventado por el poeta y que preparaba él mismo. Como en el "club de la Bota", aquí nadie debía presumir de inteligente ni mostrarse culto en exceso... "Pobre del que se crea poeta", decía él. Los únicos versos que se podían recitar eran los de "Osnofla" (Alfonso al revés), con los acentos colocados a propósito para rimar".

Y seguía el poema. Y debajo otro texto hablando de los restantes detalles de la estancia.

No había nadie cerca, así que doblé la hoja plastificada y me la metí en el bolsillo.

—Ladrón —me susurró Natalia.

—Fetichista —dije yo.

La visita duró menos de media hora, aunque habría seguido allí mucho más tiempo. Hice un segundo recorrido para impregnarme más de su esencia, y permanecí un rato mirando Valparaiso desde los ventanales colgados del cielo. Después acaricié el escritorio y respiré a pleno pulmón, por si aún quedaba un rastro, una esencia perdida, del paso del poeta por allí. Entonces recordé una frase de sus memorias, una frase que se me quedó grabada en la mente. Decía: "En mi casa he reunido juguetes pequeños y grandes, sin los cuales no podría vivir. El niño que no juega no es niño, pero el hombre que no juega perdió para siempre al niño que vivía en él y que le hará mucha falta. He edificado mi casa también como un juguete y juego en ella de la mañana a la noche".

No sabía a qué casa se refería, aunque pensaba que era la de la Isla Negra. Pero daba lo mismo. Lo importante era el sentir. También allí habría jugado el poeta.

—¿Nos vamos? —oí la voz de Natalia a mi lado.

—Sí.

—¿Bien?

—Muy bien —se lo agradecí con un gesto de cariño.

Salimos de nuevo a la calle. Durante media hora me había olvidado de Serradell, de Zarco, de Reinosa, de Acevedes. Natalia seguía sonriendo como una niña mala, sabiendo que yo salía tocado, sensible, con el corazón en un puño y la emoción a flor de piel. Fue una pena tener que volver al coche para hacer por tercera vez el camino que nos conducía a la realidad más inmediata.

Aparcar, caminar hasta la casa, llamar...

Nos abrió la puerta una chica joven, dieciocho años más o menos, muy guapa. Supe que era la hija de Acevedes porque vestía bien, no parecía una asistenta o algo parecido. Así que le pregunté:

—¿Está tu madre?

—Sí, claro. Pasen —se apartó para que entráramos dentro. Era un vestíbulo coquetón y agradable, con un espejo, dos sillas antiguas y una mesita con un florero—. ¿De parte de quién le digo?

—Venimos de España —lo generalicé sin más—. Es un asunto privado.

Alzó un poco las cejas, pero no insistió. Nos dejó y en menos de diez segundos apareció en el vestíbulo una mujer de unos cuarenta años, muy guapa, muy señora, tan elegante como refinada. Vino sola. En este momento caí en una curiosa cuenta: si la viuda de Acevedes tenía cuarenta años y la hija dieciocho, a duras penas podían saber nada de lo sucedido en 1973 y 1974. La chica ni había nacido, y la mujer, con trece o catorce años, dudosamente iba a estar ya casada con el sargento Pablo Acevedes.

Superé el nuevo desconcierto. Necesitaba todo mi tacto.

—¿Mi hija me ha dicho que vienen de España? —nos tendió una mano muy suave.

—Lamento importunarla —dije lleno de corrección—. Realmente sólo queríamos hacerle un par de preguntas acerca de su marido.

—¿Mi marido?

—Pablo Acevedes.

—Oh, entiendo —unió ambas manos a la altura del pecho—. En realidad me separé de él mucho antes de que muriera. En sus últimos años no hubo apenas contacto.

—De lo que queremos hablarle es de algo que sucedió antes, mucho antes —intenté ser mesurado.

La ex señora Acevedes me escrutó con atención. Una primera sombra de ceniza aleteó en sus facciones.

—No sé en qué podría ayudarles...

—¿Oyó usted hablar en vida de su marido de alguien llamado Osvaldo Reinosa o Marcelo Zarco?

Fue como si le acabase de dar un puñetazo en el estómago. Una blancura cerúlea la asaltó de golpe, dejó de respirar, y sus manos, aún unidas a media altura, se apretaron tanto la una contra la otra que se blanquearon todavía más que su faz. Esto apenas duró dos o tres segundos.

Antes de que pudiera hacer o decir nada más, la mujer empezó a llorar de forma silenciosa, congestionada y sentida.

25

—¿Se encuentra bien? —se interesó Natalia.

—Sí, sí, disculpen... Ha sido tan sólo... —no supo dar con la palabra exacta y optó por no perder el tiempo buscándola.

Nos miró desde lo más profundo de su alma, tan asustada como abatida.

—¿Quienes son ustedes? —quiso saber.

—Me llamo Daniel Ros, y soy español, periodista. Ella es Natalia Bravo. Vive en Santiago.

Aún no estaba recuperada, y a pesar de que ahora nos hallábamos sentados en una salita llena de recuerdos y sabor añejo, apacible y silenciosa, la zozobra que la desarbolaba seguía haciendo patente su presión de forma virulenta.

Natalia, más cerca de ella, le puso una mano sobre las suyas.

—Tranquila —le pidió.

Se encontró con la mirada de cristal de la mujer.

—Sabía que tarde o temprano.... Dios mío, lo sabía.

—Bueno, era su marido —dijo Natalia a modo de consuelo un tanto vago.

—No, ya le he dicho que no —se estremeció—. Me casé ignorante de todo ello.

—¿No conocía el pasado de su marido?

—No —me dijo insistente—. Es decir, no cuando me casé con él... —de nuevo se quedó sin completar la frase—. No, no... claro... Esta pesadilla...

—Lamentamos tener que remover... —también yo me quedé a medias en aquel juego de tensiones.

—¿Qué será de Zayda? —volvió a llorar.

—¿Es su hija? —preguntó Natalia.

La ex señora Acevedes asintió con la cabeza.

—¿No sabe nada? —volvió a intervenir mi compañera.

—No.

—¿Cuando lo descubrió usted?

Se sonó la nariz con el pañuelito que sostenía. Una vez rota la catarsis, vi atisbos de liberación, avanzando progresivamente por entre su maltrecho estado de ánimo. Era como si algo muy pesado y oscuro la hubiese golpeado surgiendo de la nada. Ahora buscaba la luz.

—¿Qué saben ustedes? —quiso estar segura.

—Que Osvaldo Reinosa tal vez ayudado por su marido y por Zarco, torturaron y mataron al menos a tres personas en enero de 1974, en plena represión tras el golpe. El padre de una de esas tres personas está todavía buscando el cuerpo de su hijo.

—¿Él les envía?

—Así es.

Miró a Natalia, como si de su palabra dependiera que hablara.

—Es la verdad —repuso ella.

—Pero yo no sé nada... —balbuceó.

—Cuéntenos lo que sí sepa —la ayudé—. Por favor.

—¿Y qué harán con ello?

—Salvo hallar la tumba del muchacho, no tenemos nada contra su ex marido, y no es nuestra intención perjudicarla a usted o a su hija. Estamos buscando a Reinosa.

—Sólo he oído ese nombre dos veces en mi vida, señor.

—¿Dos?

—Sí —movió la cabeza de arriba abajo—. Una vez en una noche de borrachera de Pablo, cuando él perdió toda noción de realidad y azuzado por sus fantasmas dijo: "Osvaldo Reinosa se reía. Ellos gritaban y él se reía. Yo aún tengo esos gritos en mi cabeza, pero más tengo esa risa diabólica". Luego se echó a llorar. La segunda vez fue antes de separarnos, cuando a través de dos denuncias supe qué había sido y en qué había andado metido realmente. Yo no lo soporté, aunque las cosas tampoco eran ya iguales por entonces en nuestra relación. Para mi el golpe de Estado fue una turbulencia en plena adolescencia. Perdí a un hermano mayor, ¿saben? Fue como descubrir que estaba casada con un monstruo. Un día, con las heridas por la separación aún por cicatrizar, vino a ver a Zayda, nos peleamos y le pregunté si había valido la pena. Pinochet había sido derrotado en las urnas y había atisbos de limpieza. Podíamos volver a levantar la cabeza. Pablo se encogió de hombros, miró a lo lejos, como si expresara algo en voz alta en lugar de hablar conmigo, y me respondió invadido por la amargura: "No lo sé, pero yo llevo el infierno encima, y lo llevaré toda mi vida mientras que Osvaldo Reinosa vive con otro nombre en Pascua, lejos de esto y a salvo. Y probablemente feliz".

—¿Pascua? —me envaré.

—Sí.

—¿Sabe cuál era ese otro nombre?

—No.

—Pudo ver papeles de su marido, investigar...

—¿Para qué? No me importaba nada.

—¿Nunca pensó en querer buscar la verdad?

—No, señor —endureció su mirada—. La verdad ya la sabíamos todos. Tenía que pensar sólo en Zayda.

Fue inesperado. La puerta de la sala se abrió de pronto y por el quicio apareció la muchacha, Zayda Acevedes. Estaba muy seria, pero no alterada. Su belleza juvenil destacaba como un manto sobre su cuerpo esbelto y recién formado. Se me antojó una virgen surgiendo de la nada. Primero miró a su madre, después a nosotros. Nadie se esperaba que dijera aquello:

—Se llama Edelmiro Valle, ese es su nombre.

A la ex esposa del fallecido se le cayó la mandíbula inferior.

—Zayda... —exhaló en un soplo de voz.

—Lo sé todo, mamá —musitó la chica con ternura—. Papá me lo confesó antes de morir, cuando me pidió perdón.

—¿Te pidió... perdón?

—Siento no habértelo contado antes, pero tú le odiabas, ¿recuerdas? Y aún le odias por ello.

—Cariño...

Zayda acabó de entrar, se sentó junto a su madre y la abrazó. La mujer se refugió en ese gesto, arrebujándose en su amparo. Me resultó una escena singular. De pronto éramos los catalizadores de una reacción en cadena. Una reacción que volvía a ponerme en el buen camino.

—Es hora de hacer las paces con el pasado —susurró Zayda acariciando a su madre.

—Mi niña...

—Me dijo que un día todo se sabría, y no quería que me pillase de improviso. Quiso lavar su conciencia. Primero me dijo que de los cargos que tenía y por los cuales tu te separaste de él, la única realidad es que estuvo en un campo de la DINA, pero que no tomó parte en nada violento. Sobre lo de Reinosa, sí. Me confesó que él estaba allí, que eso fue al comienzo de todo, que torturó a esos hombres, pero que no era consciente de lo que hacía, que era como si otra persona se hubiese apoderado de su conciencia y de su alma. Y me habló de Reinosa. Fue el inductor, el que mandaba, el que les dio la gracia final. Según papá, él ni siquiera los vio morir. Fue Reinosa. Todo lo hizo ese hombre. Me juró que él no era un asesino. Me lo juró por Dios, mamá.

—¿Por qué no me lo dijiste?

—Te sentías mejor creyéndome ignorante de todo. Pero ya no soy una niña. Si lo saben ellos en España, ¿cuanto crees que tardará en saberse aquí? —hablaba desde una calma y una naturalidad plenas de madurez—. Ahora estaremos preparadas, ¿verdad?

Volvieron a estrecharse con fuerza. Me oí a mi mismo decir aquello:

—Gracias, Zayda.

—Escuche —ya no era una niña, desde luego. Sentí el peso de su mirada de ojos negros atravesándome de parte a parte—. Vaya a por Reinosa, pero no olvide lo que dijo mi padre. Yo le creí. Él no mató a esos hombres, aunque interviniera en su tortura y para usted sea lo mismo. Es el precio que le pido por lo que acabo de decirle. No lo olvide.

—¿Cómo sabes ese nuevo nombre de Reinosa? —era mi última pregunta.

—Cuando papá y mamá todavía no se habían separado, un día agarré el teléfono estando sola. Era él, aunque por supuesto que no lo sabía. Me dijo que se llamaba Edelmiro Valle y que llamaba desde Pascua. Le di el mensaje a mi papá y se estremeció. Me preguntó si estaba segura del nombre e insistió en que le contara la conversación. Yo le dije que no había habido conversación, que solo era eso. Entonces papá murmuró algo, pero yo le oí. Dijo "el diablo nunca duerme". Me sentí preocupada, así que ya no olvidé ese nombre, por si volvía a llamar un día. Pero nunca más supe de él. Cuando mamá ha dicho Pascua he comprendido que hablaban de la misma persona, de aquel Reinosa del cual él me contó todo antes de morir —se dirigió a su madre para aclararle—: Siento haber estado escuchando detrás de la puerta, pero...

Nuevo abrazo, nuevos besos.

Un círculo que acababa de cerrarse.

Yo ya tenía mi última pista.

Pascua.

El lugar habitado del mundo más alejado de cualquier otro lugar habitado.

Ideal para que un asesino se escondiera de ese mundo.

26

Habíamos ido a Valparaiso en pos de la más inconsistente de las pistas, y regresábamos con un nombre y un destino. Apenas si podía creerlo. Primero la sobrina de Zarco, rebelde contra su propio pasado. Ahora la hija de Acevedes, liberada de él. Era como si las nuevas generaciones me hablasen de esperanza.

—No hay vuelos a Pascua todos los días —me advirtió Natalia ya de camino a Santiago—. Y menos en esta época del año.

—Es curioso —murmuré—, siempre tuve deseos de visitar esa isla. Era uno de mis lugares mágicos en la infancia.

—Los sueños a veces se cumplen.

—Ya, pero jamás imaginé que iría allí en pos de un asesino.

—¿Querrás que vaya contigo?

Lo consideré.

Y acabé renunciando a toda fantasía en aras de la lógica.

—No, iré solo —suspiré.

—¿Por qué?

—Puede ser peligroso.

—¿Peligroso? ¿Que edad debe tener Osvaldo Reinosa? Si era capitán en el 74...

—Viste lo que sucedió en Santiago con aquellos dos.

—Es distinto. No creo que en Pascua haya una asociación de veteranos ni nada que se le parezca. Reinosa estará solo, escondido y olvidado, seguro con su nuevo nombre.

Volví a pensar en mis dos cadáveres de la fábrica. O no habían dado con ellos, o lo más extraño era que no quisieran vengarlos sus amigos. Tal vez sólo fueran amigos de los Zarco. Tal vez.

Mi estancia en Chile se estaba volviendo peligrosa. No estaría de más que cambiara de hotel, o que me fuera a casa de Natalia.

¿A quién quería engañar?

—Iré solo —me ratifiqué en mi primera intención.

—Hasta ahora lo he hecho bien, ¿no?

—Más que bien —la miré con cariño—, pero ir a uno de mis paraísos de juventud contigo... Sólo me faltaría enamorarme de una chilena.

Sus manos apretaron el volante. Comprendí mi idiotez al momento. Repetir sus palabras de la noche anterior no era lo adecuado. Ni siquiera como una broma. Apenas si movió el rostro, pendiente de la carretera, para decirme:

—Eso ha sido un golpe bajo.

—Lo siento.

La oí respirar con fuerza. Su perfil cortaba el espacio como una fina daga. Era un perfil armónico, centrado, firme en su equilibrio. Un perfil de mujer llena de voluntad. Uno no puede estar al otro lado del mundo solo, sin nadie esperándole en casa, y no caer en tentaciones. Maldije a Juanma Sabartés por haberme puesto a Natalia en el camino. ¿Y por qué lo maldecía? Otra estupidez.

Estaba cansado.

Volvía a dolerme el cuerpo por los rescoldos de la paliza.

—¿Cómo es tu vida en España? —me preguntó rompiendo el silencio motivado por mi comentario.

Le conté como era mi vida en España. Teníamos dos horas hasta Santiago, así que se la conté bien, con y sin aderezos. Me dejó hablar. Fue casi como un vaciado de conciencia. Incluso le conté algún que otro secreto, salvo el de mis novelas escritas con seudónimo. Ella era periodista, no podía olvidar eso. Un periodista nunca deja de serlo. Recuperamos la armonía y cuando pude regresé a Pascua.

—Nunca he estado allí —me confesó—, pero sé algo. No te va a costar mucho dar con Edelmiro Valle. La isla no tiene más que tres mil habitantes. Todos se conocen. Es un mundo cerrado. Hace poco leí que tienen problemas graves. La religión católica les impide casarse si hay lazos sanguíneos, así que ni hablar de enlaces entre primos. Y el que no es primo de una lo es de otra de tan cruzados que están. Además, el Gobierno no deja que el primero que se vaya por allá pueda comprarse un pedazo de tierra o hacerse una casa. Tienes que casarte con un nativo o una nativa, y son desconfiados. Es un diminuto universo endogámico perdido en ninguna parte al que el propio Chile da la espalda.

—¿No es un paraíso? —había desilusión en mi voz.

—No, Daniel —esbozó una sonrisa—, aunque tal vez para ti sí lo sea. Hay muchas leyendas sobre Pascua, su cultura polinesia, el origen de los moais, todo lo relativo a la carrera del hombre pájaro... ¿Viste la película "Rapa Nui"?

—Sí.

—Pues no les hables a los de Pascua de ella. La odian. La consideraron un atentado a su origen y a su historia. Kevin Costner y su equipo estuvieron un año allí, rodándola. Y para nada. Los habitantes de la isla pensaron que sería su escaparate al mundo. Cuando la visionaron... ¿Sabías que Costner fue el productor, verdad?

—Sí. También soy cinéfilo.

—Lo malo de Hollywood es que siempre construyen la historia a la medida de sus películas, y al final, en el futuro, la historia que acabará conociéndose será la suya, no la real.

—En España sabemos mucho de eso —recordé no menos de una docena de películas salvajes y vomitivas con la verdad.

—Su visión de latinoamérica es igual. Un mundo primitivo. Siempre parecemos indios a medio pulir.

Nos sentimos unidos por el infortunio. Todos los pobres se sienten unidos frente al gigante de la Coca Cola, los McDonalds y la Nike. Los padres de la globalización.

El autentico genocidio del siglo XXI.

—¿Podrás ocuparte de todo mañana a primera hora?

—Iré a LAN Chile en cuanto me levante. También te conseguiré información general para que leas durante el viaje, y un mapa, detalles... ¿Te parece?

—De acuerdo.

—¿Vas a seguir en el mismo hotel?

—Sí —dije tras pensarlo un poco.

—¿Y si vuelven a por ti? Ahora hay dos... desaparecidos más.

—Me arriesgaré. Si huyo o hago algo que no parezca inocente, será peor.

—Pues no te muevas de él. No salgas.

—Pensaba dormir hasta que no pudiera más.

—Bien.

La observé con cuidado. Podía extender una mano y acariciarle el pelo. Podía incluso tocarle la mejilla. Miré al frente, al ocaso del día sobre el horizonte. La carretera estaba muy concurrida. Viernes noche.

Como en todas partes, el mundo se disponía a pasar el fin de semana olvidando la realidad.

Y yo la llevaba encima.

—¿De verdad no quieres que venga contigo?

—No.

—Soy mayorcita. Sé protegerme.

—Tú no viste a aquellos dos.

De nuevo el silencio.

Cruzamos el túnel y entramos en aquel otro mundo. Santiago se acercó a nosotros por entre las curvas finales. Ya era de noche. En la radio no había ni música ni noticias, sólo un insulso programa de llamadas telefónicas y bla-bla-bla. Por encima del silencio, en el coche creció una espiral de complicidad secreta. Y al aproximarnos al centro, a Providencia, dónde se encontraba mi hotel, la complicidad se rompió, o mejor decir que se desvaneció como una niebla que nos dejó desnudos y transparentes uno frente al otro.

Cuando Natalia detuvo el coche delante del Santiago Park Plaza, fue muy rápida, muy directa.

Se volvió hacia mi y me dio su habitual beso, pero no en la mejilla, sino en los labios. Suave y fugaz. Nada aparatosos. Nada húmedo. Pero fue un beso muy cálido. Después se apartó y bajo la ternura de su sonrisa me dijo:

—Eres un buen periodista, Daniel.

—Y tú una mujer estupenda.

Me acarició la mejilla con su mano izquierda.

—Lo sé —acentuó más su sonrisa—. Hasta mañana.

Bajé del coche, ajeno a cualquier posible peligro que, de todas formas, no se produjo. Natalia se esperó a que entrara en el hotel, como una guardiana cuidadosa y protectora. Después la vi alejarse calle arriba y subí a mi habitación dispuesto a pedir la cena al servicio de habitaciones cuando hubiera tomado mi habitual baño en la piscina caliente de la última planta.

27

Me despertó el zumbido del teléfono y abrí los ojos de golpe. Estaba profundamente dormido. El reloj anunciaba las diez y veinte. Alargué la mano reaccionando por el shock y me llevé el auricular al oído.

—¿Sí?

—¡Huy, que voz de hombre! —escuché la de Natalia.

—Estaba dormido —dije yo.

—Lo siento.

—Para nada. Es tardísimo.

—Te convenía dormir. ¿Cómo te encuentras?

—Creo que bien, pero aún no sé de que color tengo hoy mis heridas de guerra. ¿Y tú?

—Yo he madrugado, ¿recuerdas? Pero me acosté temprano —se puso profesional de golpe para decirme—: Tengo un pasaje para ti en el vuelo que sale esta tarde para Pascua, a las 16,40. Has tenido suerte. Pensaba llamarte para consultarte pero como era la única opción... Espero haber hecho bien.

—Has hecho bien —la tranquilicé—. ¿Y el regreso?

—Imposible dejarlo abierto. A Pascua hay muy pocos

vuelos, y la mayoría son internacionales, de paso, en rutas turísticas entre Chile y la Polinesia o Australia y Asia. LAN Chile va cada tres días, así que te regresas el martes por la mañana, a las 11,30 hora de allí.

Atrapado en Pascua dos días, y con un posible asesino suelto.

Suficiente para dar con él. Suficiente para hacer turismo. Suficiente para morir.

—¿Y el hotel?

—Ya tengo tu bono para tres noches. Es el Iorana. Allí todos son iguales, así no he podido escoger demasiado.

—Luego te lo pago todo.

—De acuerdo. ¿Qué quieres hacer hasta que te vayas?

—Quiero ir a La Moneda, o me iré sin verla.

—Paso por ti. Tardo media hora.

—Suficiente.

Lo fue, pero por lo pelos. Una ducha, vestirme y hacer la maleta. No con todo. Metí en una bolsa de mano lo necesario para tres días y nada más. El resto a mi maleta grande. Luego baje a recepción ya con la bolsa de mano, les dije que subieran a por la maleta y que me la guardaran en consigna hasta el martes por la noche en que regresaba de Pascua. No hubo ningún problema, salvo que la habitación no sería la misma. Pagué la cuenta de los días que ya había estado y me metí en el bar para tomarme algo, aunque sólo fuera una pasta con un vaso de leche chocolateada. Natalia llegó estando yo allí. De nuevo beso en la mejilla y sonrisa incluidos.

—¿Todo bien?

—Ni rastro de los amigos de Zarco.

—¿No te resulta extraño?

—No lo sé.

—¿Nos vamos?

Recogí la bolsa, pagué la consumición y salimos fuera. Metimos mi parco equipaje en su maletero, me entregó todo lo relativo a Pascua y nos dispusimos a quemar aquellas horas hasta mi traslado al aeropuerto. Todo parecía en calma. Una mañana de sábado como otra cualquiera. Mientras ella conducía recordé lo esencial, le di los dólares de mi expedición a Pascua. Me pidió que se los metiera en el bolso y eso hice. Me gustó asomarme a su interior. Los bolsos de las mujeres siempre me han llamado la atención. Descubrí su perfume y lo memoricé.

El trayecto, esta vez, no fue muy largo. El norte de la comuna de Santiago, el barrio central de la capital, al sur del río Mapocho, constituía el autentico downtown santiagueño. Allí estaban la torre de comunicaciones, la catedral de Santiago, los Tribunales de Justicia, el templo de Santo Domingo, la habitual Plaza de Armas presente en todas las ciudades latinoamericanas, el Museo de Bellas Artes, la Biblioteca Nacional y, por supuesto, La Moneda, el palacio presidencial. La Alameda Libertador Bernardo O'Higgins formaba el trazo principal por debajo de ese centro histórico parecido al Ensanche barcelonés.

Natalia dejó el coche en una zona de pago y caminamos sin prisa por aquellas calles no muy concurridas dada la hora y el día festivo. Lucía un sol hermoso que lograba penetrar la polución, así que saqué mis gafas de sol y me las puse. Mi compañera hacía comentarios aquí y allá sobre algunos detalles, como por ejemplo el de un edificio en el que, en vertical y en grandes caracteres, se leía la palabra POLLA.

—Los turistas españoles siempre lo fotografían. Les hace gracia. Aquí la polla es la lotería.

—Somos unos notas —dije.

—¿Que significa eso?

Se lo expliqué y continuamos haciendo el guiri.

La Moneda se me apareció de pronto tras una esquina. Siempre tenía la misma imagen en la mente: la del bombardeo del 11 de septiembre de 1973, cuando saltaba a pedazos bomba a bomba. Ahora era un edificio restaurado, exactamente igual que siempre, y recién pintado de suave color casi rosa. Unos carabineros que debían medir dos metros de altura lo custodiaban con sus impecables uniformes de color marrón claro.

—Dios mío —suspiré.

Miré la calle. Era la misma por la que había aparecido Salvador Allende por última vez, con casco y su arma, el kalashnikov regalo de Castro. Sólo que ahora ya no había ninguna puerta de entrada o salida del palacio.

—Ahí fue visto Allende por última vez —me leyó el pensamiento Natalia señalando hacia la mitad del muro con ventanas enrejadas intermitentes—. Después se ordenó tapar esa puerta.

La misma calle en la que habían sido colocados, boca abajo, los primeros prisioneros de La Moneda, a las 13,15 del mediodía. La misma calle.

Mi memoria en blanco y negro.

Mismo lugar, otro tiempo. Septiembre de 1973, noviembre de 2000.

¿Por qué no me había llevado una cámara fotográfica?

Entramos en La Moneda por la plaza de la Constitución. Dentro todo era distinto, nuevo, cuidado. Descubrí decenas de personas, y no turistas japoneses o europeos. Chilenos. Muchos iban acompañados de sus hijos, y les mostraban detalles, ventanas, rincones.

—El presidente Lagos abrió La Moneda al público hace muy poco, así que ahora mismo es uno de los lugares más visitados de Santiago. Ha estado cerrada desde el golpe —me informó Natalia.

Comprendí la mezcla de veteranía y juventud.

De hombres y mujeres que habían vivido el pasado y de hijos e hijas que necesitaban conocerlo para tender un puente hacia su futuro.

La comprendí y entonces comencé a llorar.

Dios... nunca como hasta ese instante he agradecido lo bastante llevar unas buenas gafas de sol.

—Ahí estaba el presidente Allende, mijita.

La niña levantaba la cabeza. Tendría unos nueve o diez años. Miraba una ventana, un muro, una puerta. Su padre tenían una mano encima de su cabeza.

La voz del presidente asesinado comenzó a fluir por la mía, tal y como la recordaría siempre cuando pronunció su último mensaje dirigido al pueblo.

"Sigan ustedes sabiendo que mucho más temprano que tarde, de nuevo abrirán las grandes alamedas por donde pase el hombre libre para construir una sociedad mejor..."

Las lágrimas asomaron por debajo de las gafas. Tuve que llevarme una mano a ellas para retirarlas.

Y en ese instante, Natalia me cogió de la otra.

Con fuerza.

Creo que nunca podré agradecerle lo suficiente ese detalle y ese momento.

Seguimos caminando, sin hablar. No era necesario. A veces sentía sus ojos en los míos, ocultos tras las gafas oscuras. Los sentía y los besaba en silencio desde mi distancia. Y me aferraba a su mano para no convertirme en un montón de arena deshaciéndose. El nudo de mi garganta era como una pelota de golf. Me hacía daño. No recordaba nada parecido en toda mi vida salvo, quizás, cuando vi rendirse a Tejero en el 81 o caer el Muro de Berlín en el 89.

Bueno, también estaba aquello, lo de Armstrong en la Luna en julio del 69.

Y también...

Al salir por el otro lado a través de los dos patios interiores, me vi en la Plaza de Libertad.

La emoción quedó atrás.

Los sentimientos seguían dentro de mi.

—Mejor comemos pronto —dijo Natalia en un bien fingido tono descuidado—. Siempre es aconsejable llegar más de una hora antes del vuelo, por lo que pueda ser.

Volví la vista atrás para ver La Moneda, quizás por última vez.

Natalia dejó mi mano, se colgó de mi brazo y echamos a andar.

28

—¿Qué harás cuando estés delante de Reinosa?

—No lo sé.

—Ese hombre es un asesino y un torturador.

—Ya estuvimos delante de Zarco.

—Es distinto, y lo sabes. Reinosa era el capitán, el jefe. Puede que sea cierto que Zarco y Acevedes no intervinieran en la decisión ni en el acto de matarlos.

Miré mis dos manos unidas como en un rezo sobre la mesita del bar del aeropuerto. Faltaban menos de cinco minutos para que tuviera que pasar el control de pasaportes y abandonarla. Iba a ser un largo vuelo de cinco horas, que con el cambio horario se convertiría en mucho más.

—¿Y si ha muerto? —lancé al aire la peor de las teorías.

—Entonces ya no quedará nada. Pero, ¿quieres saber algo? Una vocecita me dice que sigue vivo.

—Es curioso. Yo también oigo esa vocecita.

—Se fue para tener una oportunidad, se cambió el nombre. Allí debe estar confiado. Lo que menos se esperará es tu presencia o que alguien le siga el rastro ahora, después de tanto tiempo.

—Por eso puede que defienda su libertad con uñas y dientes.

—Tendrás cuidado, ¿verdad?

—Sí, siempre lo tengo —recordé mi inocente caída en la trampa de los dos tipos que me habían secuestrado.

—De lo que ya no estoy segura es de que te diga nada, y menos dónde enterró a Santiago Serradell —lo pasó por alto ella.

—Ahí estamos también de acuerdo. No puedo torturarle para obligarle.

—¿Lo harías?

—No —reconocí—. Y sin cadáver no hay caso.

—Entonces...

—Informaré al señor Serradell y que él decida.

Natalia se estremeció.

—Ese hombre... —murmuró—, muriéndose, persiguiendo algo que le ha llegado demasiado tarde, impotente... Debe ser muy triste y doloroso para él.

—Siempre le queda la ley y la justicia.

—Pero morirá sin ver el cuerpo de su hijo en España. Por más que crea que lo recuperará no estará seguro. Toda la eternidad...

—¿Eres creyente?

—Sí —susurró como en un rezo.

—Yo no.

—Hay muchas formas de ser creyente.

—Yo no creo en nada.

—No seas cínico. Crees en todo.

—No en religiones castrantes ni en dioses omnipresentes.

Natalia alargó su mano y la depositó sobre las mías. Ahora estaba fría.

—Cuando te he visto llorar en La Moneda... no sé, me has hecho sentir muy mal.

—Vaya, creía que lo había hecho de incógnito —me dio por bromear.

—Tonto —me apretó las manos.

Luego la retiró antes de que yo se la atrapara.

—¿Por qué dices que te he hecho sentir muy mal?

—Porque yo nunca he llorado en La Moneda.

—Es lógico. Tú la has tenido siempre ahí, delante de los ojos, ha formado parte de tu vida. Para mi es un símbolo.

—Eres un romántico.

—Ya lo sé. Pero tengo esas imágenes grabadas en mi memoria, el bombardeo, Allende en esa puerta, su voz despidiéndose, la de Pinochet diciendo que le dejen salir pero que luego derriben el avión. Las he visto y oído mil veces y aún me siguen doliendo. Después fue lo de Jara, y lo de Neruda. Y siempre quedaba Pinochet feliz, años y años después, sin justicia.

—Pareces más chileno que yo.

—Todos somos chilenos, bosnios, chechenos...

—El mundo entero —suspiró Natalia.

—El mundo entero —asentí yo.

—Me resulta asombroso que seas periodista. No guardas distancias. Te implicas en todo.

—Quizás por eso me mandó aquí Agustín Serradell.

—Quizás, no. Seguro.

—Sabía que acabaría metido hasta las cejas. Y tal vez por eso, desde el primer momento, sabiendo lo que me esperaba, yo me sentí incómodo.

—Escribirás tu articulo, o tu libro.

—No estoy seguro.

—Lo harás. Querrás que el mundo sepa la verdad, aunque sólo sea la de ese chico, Santiago Serradell.

—¿Cómo sabes tanto?

—Soy mujer.

—No me lo recuerdas —gemí en broma.

Pasaron varios hombres hablando en voz alta y riendo, de uniforme. Eran las mismas gorras y los mismos trajes que llevaba el hombre de la fotografia de su habitación. Su marido. Pilotos y oficiales de vuelo de LAN Chile. Hasta ese momento no se me ocurrió pensar que a Natalia le incomodase estar en aquel aeropuerto donde su esposo debía haber pasado media vida. Y me sentí culpable.

Culpable de ignorancia.

—Natalia...

Fue demasiado tarde. La voz impersonal de una mujer anunciando a lo lejos la salida del vuelo de LAN Chile LA-833 con destino a la Isla de Pascua sobrevoló nuestras cabezas y nos acabó de empujar hacia el adiós. El grupo de hombres uniformados se alejó rumbo a la puerta de salida de vuelos. Nos miramos por última vez.

—Vendré a recogerte el martes —dijo mi compañera.

—No, no lo hagas.

—¿Por qué?

—Tomaré un taxi.

—No seas tonto.

—Natalia...

—¡Somos un equipo! ¡Te vas solo a Pascua pero al menos aquí...!

—Natalia —me levanté.

Esta vez se me quedó mirando sin entender nada.

Y no pude explicárselo.

—Deséame suerte —me despedí de ella.

29

Tuve cinco horas y diez minutos, lo que tardó el vuelo en aterrizar en el aeropuerto Mataveri, para empaparme con todo lo que me había dado Natalia.

Pascua, también llamada Rapa Nui antiguamente, también llamada Te Pito o te Henúa —El ombligo del mundo— aún más antiguamente, apenas si era una lágrima de tierra en mitad del Pacífico. De forma triangular, con lados de 16, 18 y 24 kilómetros respectivamente, y un ancho máximo de 12 kilómetros, su superficie apenas si llegaba a los 180 kilómetros cuadrados (185 según un libro, 176 según un mapa, o sea que ni aún siendo diminutos se ponían de acuerdo). La temperatura media era de 24 grados centígrados, oscilando entre los 15 y los 27 más o menos. A 3.700 kilómetros de la costa chilena y a 4.050 de Tahití, parecía un milagro que subsistiera a lo largo de la historia con sus escasos recursos. Descubierta por el Nuevo Mundo en 1722, su evolución había sido complicada a partir de entonces, y en tiempos de esclavitud, sólo 111 personas llegaron a sobrevivir en ella. En 1888 pasó a formar parte de Chile, pero por lo visto hasta muy entrado el siglo XX no había sido redescubierta para el mundo moderno con toda su leyenda a cuestas.

Lo único que yo sabía de Pascua era la existencia de sus moais, las impresionantes estatuas de piedra siempre colocadas de espaldas al mar, mirando a los poblados con sus enormes ojos para protegerlos, y cuyo origen se desconocía; y el ritual sagrado de la carrera del Hombre Pájaro —la ancestral ceremonia del Tangata Manu—, hecha imagen hollywoodense gracias a la película "Rapa Nui". Una vez al año los candidatos se recogían en las 53 casas elípticas de piedra del poblado de Orongo, hechas con muros de laja de basalto, en la cima del volcán Rano Kau, se preparaban minuciosamente, y el gran día descendían por el acantilado para nadar la distancia que les separaba de uno de los tres islotes perdidos al frente, el Motu Kau Kau, el Motu Iti y el Motu Nui. Aquel que lograba encontrar el primer huevo de gaviota —Manutara—, y regresar con él intacto a la cima del acantilado, para entregárselo a su señor, lo convertía en el Hombre Pájaro, el Tangata Manu, que durante un año pasaba a ser el personaje más importante de la isla. La tribu o grupo del nuevo Hombre Pájaro obtenía privilegios económicos y un gran poder, de ahí que todo aquello fuese uno de los ejes sobre los cuales pivotaba toda la vida en la pequeña isla.

Miré las fotos de los moais. Al comienzo habían sido bajos, después más y más altos, siempre instalados en grupos, alineados, sobre sus plataformas, los ahus. Los últimos ya medían 21 metros de alto y pesaban 300 toneladas, sombrero aparte. Arrancaban la piedra de la falda del volcán Rano Raraku y tras tallarlos los transportaban sobre árboles hasta todos los rincones de la isla. El sombrero, el pukao, de color rojizo, se extraía de otra parte. Locos o no, habían dejado Pascua sin árboles. Tal vez por ello dejaron de fabricarlos al no poder ya transportarlos. En las laderas del Rano Raraku quedaban tres centenares de cabezas, pues los cuerpos estaban hundidos en la tierra por el paso de los años. Eran los últimos moais que ya no habían llegado a su destino.

Fascinante.

Dormí un rato, apenas una media hora después de la comida, que apenas si toqué porque no me apetecía. El avión no iba lleno. Quedaban algunos asientos libres tanto en primera como en la clase turista. Natalia me había sacado primera sin preguntar pero se lo agradecí. A la salud de Agustín Serradell. Los dolores de mi cuerpo no habían desaparecido aunque mi mandíbula fuese mejorando de coloración. Cuando llegamos a Pascua miré de nuevo el mapa. El aeropuerto de Mataveri era espectacular, no por su lujo o su tamaño, que era el de una caja de cerillas, sino por la extensión de su pista de aterrizaje. La razón de la misma era muy simple: los estadounidenses habían visto que en el Pacífico Sur existía una gran distancia entre puntos habitados sin una mala pista de aterrizaje para el caso de que sus Challengers y sus Columbias tuvieran una avería o se vieran obligados a buscar una emergencia en esas latitudes al volver del espacio. Así que les construyeron a los habitantes de Pascua una pista capaz de albergar desde Concordes hasta sus naves espaciales. Nunca había pasado nada, pero la pista estaba ahí, atravesando la punta más occidental de la isla entre el Parque Nacional de Rapa Nui, con el Rano Kau en el centro, y la capital, Hanga Roa.

Una capital apenas vista en las fotografías de los catálogos, porque sus casas eran muy bajas y estaban diseminadas y perdidas bajo retazos de verdor.

Me recibió una muchacha ataviada con un traje típico que me puso una guirnalda de flores alrededor del cuello. Todo muy turístico, porque la susodicha tenía tanto entusiasmo como un pez delante de otro pez. Después me metieron en un todo terreno y bajo la noche cerrada me condujeron al hotel. Según el mapa no estaba precisamente en Hanga Roa, sino al otro lado de la pista de aterrizaje, un tanto perdido y alejado del mundo. Imaginé que, o bien Natalia no sabía su ubicación, o los demás estaban llenos. Cuando llegué a mi destino, una recepcionista me dio la llave de la habitación sin pedirme el voucher. Allí no era necesario. No podía ser más que yo, ni podía escaparme o... El hotel, una sola planta, estaba construido en piedra volcánica, así que la primera impresión era de oscuridad y poca luz, casi deprimente. Me sobrepuse a esa primera impresión tan negativa pero al llegar a mi habitación, grande, impersonal, sin televisión, con una cama adusta y poco más que un balconcito que daba a otra oscuridad distinta, la depresión me alcanzó de lleno.

A pesar de lo cual estaba en Pascua.

Con el cambio horario era más temprano, y no estaba para meterme en la cama nada más llegar a uno de mis sueños de toda la vida. Dejé la bolsa tal cual y regresé a la recepción. La encargada me dijo que me pediría un taxi, única forma de ir al pueblo sin perderme en la oscuridad. Esperé escuchando la dulzona jerga argentina de un matrimonio y luego apareció mi transporte. Le pedí que me dejara "en el centro de Hanga Roa" y me miró como si le acabase de hablar en chino.

—Restaurantes —cambié—. Quiero cenar algo.

—Sí, señor.

Fue un trayecto breve, rápido y brincante. Cuando llegamos a una zona asfaltada resultó que ya estábamos en Hanga Roa. Me dejó en una calle más iluminada que la media y vi los restaurantes. En otra parte habrían sido meros chiringuitos. Pero tenían sabor. Apenas cuatro paredes, con la frontal abierta, y unas terracitas mal iluminadas llenas de mesas con tapetes de colores. Tanto me daba uno como otro, y además estaban vacíos, así que entré en el que tenía más cerca y me senté en la terracita, a un lado. Una mujer que hablaba por teléfono me hizo una seña pidiéndome paciencia. Le hice otra para que supiera que tenía toda la del mundo.

Media hora después, aburrido porque la vida nocturna de Pascua, o al menos la que pasaba por delante de mi, no era nada emocionante, estiré la cabeza y me asomé de nuevo. La mujer seguía hablando por teléfono y ahora lloraba.

Me hizo una nueva seña y me senté.

No me atreví a marcharme.

Ya no tardó más de cinco minutos en aparecer. Seguía llorando.

—¿Se encuentra bien? —me vi en la obligación de preguntarle.

—Oh, sí, sí señor —me tranquilizó—. Mi hija se ha ido en el avión en que ha llegado usted, ¿sabe? Es su primer viaje a Santiago, y me desahogaba con mi hermana.

—¿Cómo sabe que he llegado en el vuelo de hoy?

—Bueno, no le vi ayer por aquí, y ha bajado del taxi con cara de despistado...

—Aquí de intimidad... nada.

—No, se sabe todo —de pronto me soltó—: ¿Y usted, se encuentra bien?

No acabé de entenderla hasta que comprendí que mi mandíbula seguía más o menos violácea.

—Oh, sí, fue una caída tonta.

—¿Que le sirvo?

Decidí preguntarle por Edelmiro Valle después.

—¿Que puede...?

—Pescado. Le voy a hacer pescado —me cortó en seco—. Sí, que está recién sacado del agua y muy bueno. Soy la mejor cocinera de Rapa Nui, señor. ¿De beber?

Se fue para adentro, me sirvió el agua que le había pedido, y diez minutos después el pescado más sabroso e impresionante que recordase haber visto, sobre todo teniendo en cuenta que soy carnívoro. Me lo puso delante y se retiró tras desearme buen provecho.

Un minuto más tarde volvió a salir. Se había quitado el delantal y puesto una rebeca por encima de los hombros.

—Ahora que lo tengo comido —me soltó en plan maternal—, me voy un momento y vuelvo. Si quiere postre, usted mismo: allí está la heladera y allí el mostrador.

Y se fue.

No se me habría ocurrido marcharme sin pagar, claro. No allí, dónde sabían que acababa de llegar en el vuelo de la tarde. Pero es que la señora tardó en regresar tres cuartos de hora. Cuando entró de nuevo lo hizo como si tal cosa, como si supiera además de antemano que en aquel tiempo ningún otro cliente se había descolgado por su restaurante. Me preguntó si el pescado estaba bueno, le aseguré que sí y le dije que no había tomado postre. Pensé que era el momento adecuado para mi pregunta, así que se la formulé cuando volvió a salir, ya sin la rebeca y de nuevo con el delantal.

—¿Conoce a alguien llamado Edelmiro Valle?

—¿El señor Edel? Sí, vive cerca del cementerio, por detrás de la carretera, en dirección al Ahu Tahai.

—¿Que tal es?

—Un hombre mayor, reservado.

—¿Cuánto lleva aquí?

—No sé —hizo un cálculo mental—. Puede que diez años, porque enviudó al cabo de tres y eso fue en el 93...

Tenía sentido. Entre 1989 y 1990 a los militares había empezado a terminárseles el chollo de la impunidad. Fuertes o no, algunos ya habían hecho las maletas.

—¿Para qué le busca? —le tocó el turno a ella.

—Oh, no le buscó. Me hablaron de él en Santiago.

—¿De dónde es usted?

—De Barcelona, España.

Ya había memorizado las señas de Osvaldo Reinosa, alias Edelmiro Valle, y como veía que se me iba a poner hablar le pedí la cuenta aduciendo que estaba cansado por el cambio de horario, ya que para mi era muy tarde. Me la trajo.

—¿Quiere que le pida un taxi? —se ofreció.

—Por favor.

Eran amables, todos. No pensé que fuera únicamente cosa suya. Puertas abiertas en un mundo perdido. Acababa de conocer, por lo menos, la autentica esencia de Pascua: sus gentes olvidadas del mundo. Cerca de mi pasó un nativo, homosexual. Hablaba a gritos con un chico joven y aspecto de turista.

—¡Pascua! ¡Pascua! —gritaba con grandes ademanes—. ¡Oh, por favor, siempre lo mismo, los moais, la lejanía...! ¡Nadie cuenta como es esto en verdad, vital, energético! ¡Nadie habla de los jóvenes! ¿Por qué no escriben de nosotros? ¿Por qué? ¡Pascua es magia y no lo saben!

Su voz se alejó envuelta en su pasión.

Esperé al taxi en la calle y aún tuve tiempo de responder a tres preguntas de mi nueva amiga, en qué hotel estaba, si viajaba por vacaciones y a qué se debía que estuviese solo. No me ofreció ninguna novia ni posibilidad alguna cuando a la última le dije que sí, pero me puso una carita de pena que me llegó al alma y me contó que en la discoteca Toroko me divertiría si quería animarme. Me despidió con una gran sonrisa. Cuando subí al taxi le pedí que me diera una vuelta por los alrededores del cementerio. El hombre me miró por el espejo retrovisor interior y enfiló calle arriba hasta la primera, por la que bajamos en dirección al mar. Tres minutos después me anunció:

—El cementerio, señor.

Iba despacio y miré por la ventanilla. No vi ninguna luz alrededor, así que si la casa de Edelmiro Valle estaba por allí, o ya dormía o no se encontraba en la misma. Aunque también pudiera ser que estuviese oculta por matorrales o al otro lado de cualquier obstáculo.

Y desde luego no quería bajar para hacer una inspección a pie. No a aquellas horas, a oscuras y con un testigo.

—Lléveme al hotel Iorana, por favor.

El tipo no abrió la boca en todo el trayecto.

30

Volví a levantarme tarde, me asomé a mi balconcito y vi que daba a un páramo vació al fondo del cual se veía el mar y la costa rocosa, volcánica y quebrada. Pese a la hora no tuve problemas para desayunar. El restaurante del hotel Iorana era espacioso, pero el desayuno discreto. Tortitas y fruta. Una camarera preciosa me preguntó si quería huevos y le dije que no. Le pedí un vaso de leche. Se llamaba Ory, según vi en una placa sujeta a su blanca bata de servicio. Le pregunté que significaba y me dijo que "morena".

—¿Y Iorana? ¿Tiene algún significado?

—Es la palabra que empleamos para decir hola, adiós, buenos días, buenas tardes...

Se retiró muy rápida, como si pensara que estaba ligando con ella, así que no hice mucha cultura local. Acabé el desayuno y salí afuera. Por la izquierda vi un enorme promontorio rocoso. Por delante había un sendero que descendía hasta el mar. Según los mapas, sólo había tres pequeñas playas en toda Pascua, y la mejor era la de Anakena, al norte. En ella desembarcaron los primeros habitantes de la isla, procedentes de la Polinesia. Miré la piscina del hotel, limpia, pero nada más tocar el agua desistí de cualquier idea que tuviera al respecto. Ory salió en ese momento y se puso a cortar un cactus con toda eficiencia. Llevaba otra bata, casi transparente, por la que se intuía su joven figura.

Me resigné a mi suerte, fui a mi habitación, recogí las gafas de sol y volví a salir. El taxi que me pidió la nueva recepcionista tardó un poco más en llegar, esto es, cinco minutos. Le dije que me llevara al cementerio y, sin hacer honor a sus congéneres españoles, me condujo en el más absoluto de los silencios. Esta vez me quedé allí, pagué la carrera y me dejó solo.

Fingí interesarme por el cementerio, porque un par de miradas curiosas se dirigieron hacia mi. Luego, casi de inmediato, pasé de ellas y empecé a buscar la casa. Abandoné la carretera y me interné por un caminito hacia el interior, el único punto posible porque el cementerio ocupaba la zona entre la carretera y el acantilado que daba al mar. No tardé en ver la casa, oculta, tan discreta como todas las de Hanga Roa, y tan característica como cualquiera de ellas. Piedra volcánica oscura, terrosa, y poco más. Nada de madera. La madera allí debía de ser un bien extraño, como el agua o un electrodoméstico que debían traer y pagar desde tierra firme. La distancia hacía que todo fuera extraordinario y un lujo desmesurado cualquier objeto cotidiano en una ciudad.

Miré la casa con aprensión. Había llegado al final de mi camino. Había dado con Osvaldo Reinosa. Lo único que quedaba era la constatación final y después...

¿Qué?

No podía torturarme, pero matarme...

Me acerqué despacio, en tensión, esperando de un momento a otro verle aparecer. La señora del restaurante había dicho algo de enviudar. Quizás se casase con una mujer de la isla si, como me dijo Natalia, no cualquiera estaba en disposición de llegar, hacerse una casa o comprarla y quedarse. Fuere como fuere ya estaba solo. Solo y peligroso.

Nadie salió a mi paso. Ninguna voz me detuvo. La casita era humilde, ínfima. Muchos cachivaches herrumbrosos por fuera, unas cañas de pescar, una bicicleta, capazos... Llegué hasta la puerta y la golpee con los nudillos, con el corazón latiéndome en el pecho. De nuevo el silencio. Me dirigí a la ventana más próxima para asomarme al interior. Las cortinas eran pretéritas.

—¡Eh!

Comprendí que era inútil.

Edelmiro Valle no se encontraba en su casa.

Me sumió el desconcierto. ¿Qué hacía, quedarme allí a esperarle? ¿Y si no regresaba en todo el día?

Busqué algún indicio, alguna idea, y por entre la maleza descuidada vi algo parecido a otra casita, a unos cincuenta metros o más de ella. Caminé en su dirección, vigilando dónde pisaba. El suelo volcánico era una trampa. Allá donde parecía existir una capa de hierba surgiendo de un manto uniforme, lo que había en realidad eran huecos y más huecos de irregulares proporciones. La hierba semejaba un manto, el suelo, bajo ella, no. Costaba mucho caminar, mantener el equilibrio. No sabía nunca dónde colocaba el pie ni lo que había debajo. Antes de llegar a la casa vi a una mujer tendiendo unas sábanas amarillentas. Pasó de mi hasta que le pregunté:

—Disculpe, ¿sabe si el señor Valle está afuera?

—De día sí. No regresa hasta media tarde, a veces incluso más.

Frustrado.

Todo un día por delante.

Un día en Pascua, por supuesto.

Desandé lo andado y volví a la carretera. El trayecto a pie hasta Hanga Roa fue breve, un paseo de diez minutos porque me paré una y otra vez a impregnarme de todo aquello.

Cuando llegué al pueblo lo primero que vi fue una imagen católica, una virgen, en el puerto, mirando al mar. Los moais miraban hacia adentro, protectores, y la imagen cristiana lo hacia afuera, hacia el lejano mundo. Un contraste. Seguí cerca del mar y subí por la segunda avenida. La primera casa de alquiler de coches y servicio de turismo que me encontré resultó llamarse algo tan complicado como Yarvaikafra. No quería alquilar sólo un todo terreno. Quería también un chofer y un guía. Y pagando, pese a la hora tardía después de haber amanecido hacía mucho... no hubo el menor problema. En cinco minutos llamaron a uno que se presentó en bicicleta. Se puso al volante y se dispuso a hacerme un tour por Pascua hasta la tarde. Era un buen tipo, joven, hablador, como todos los guías, aunque las primeras diez preguntas las hizo él. Cuando le hube contado dónde estaba Barcelona y satisfecho su curiosidad, porque cuando la cita olímpica del 92 aún era adolescente y pasaba del tema, ya habíamos llegado a nuestro primer destino.

Creo que tuve suerte.

Ahora pienso que de no haber sido por esa jornada, me habría ido de Pascua sin haber visto nada de la isla. Y valía la pena.

Mucho.

Visité el Ahu Tahai, el más próximo a Hanga Roa, un poco más allá del cementerio, el único en toda la isla con un moai de ojos pintados —aunque cutremente—, porque el resto ya no los tenía visibles. Los habían robado una y otra vez, así que no se molestaban en restáuralos con ornamentos originales. Después retrocedimos y subimos al volcán Rano Kao, con su increíble lago interior en el que se reflejaba el cielo azul entre las plantas, visité el poblado de Orongo, imaginé a los contendientes de la carrera del Hombre Pájaro bajando por aquel acantilado hasta los tres Motus, las tres islitas, distantes un par de kilómetros entre aguas no precisamente tranquilas, para regresar con su huevo de gaviota. Seguimos hasta los ahus de la costa sur, todos derribados. De los más o menos mil moais de Pascua, la mayoría estaban caídos, unos por la fuerza de las guerras de antaño, ya que los vencedores se dedicaban a derribar los moais de los vencidos, y otros por el sunami —el maremoto— de 1960, cuya gran ola se había adentrado 700 metros en la costa sur de la isla barriéndolo todo a su paso y convirtiendo los moais y sus pujaos en piedrecitas. A mediodía llegamos a un pequeño restaurante turístico próximo a la playa de Anakena, con su arena blanca, sus palmeras y al Ahu Nau Nau que la presidía. Había locos bañándose. Comimos y fue el momento para preguntarle a mi guía conductor si conocía a Edelmiro Valle.

—Un hombre huraño —me dijo—. Pesca, fabrica ornamentos para los turistas y los vende junto al Ahu Tahai cuando es temporada... Pero no se relaciona mucho con la gente. ¿Le conoce?

—He oído hablar de él, sólo eso.

—Si quiere comprar algo, vaya al mercado artesanal, o a la tienda Hotu Matua´s. Puedo llevarle después. Dígale a la dueña que va de mi parte y le hará un buen precio.

Llegó el turno de ver la joya de la corona, el Ahu Tongariki. Quince moais, todos distintos, como los mil restantes, que ponían los pelos de punta, colocados en pie y restaurados —sin contar su natural deterioro por la erosión— por los japoneses en 1997 en pago a que los habitantes de Pascua les habían dejado un moai para una exposición en Japón. Me dijo mi guía que tardaron cuatro años en levantarlos con enormes grúas traídas desde el País del Sol Naciente y asentarlos en su reconstruido ahu. De allí a la cantera y el volcán Rano Raraku fue un último paseo y consumimos el resto de la tarde. Todos los moais de la cantera, con sus cabezas a ras de suelo y sus cuerpos enterrados, diseminados por la pendiente, me transportaron a la Pascua que yo conocía de mi infancia. La isla de leyenda que tanto había iluminado mi imaginación. Me sentí en paz, envuelto en aquel silencio único y con el cielo menos contaminado que yo haya visto en la vida. Todo estaba lejos. Muy lejos. Le pedí a mi nuevo amigo que me esperase en el coche, que quería estar un rato solo, y me dejó, junto a mi moai favorito, cuya foto reconocí, ladeado y pétreo, serio y ausente.

Con los Serradell, Reinosa y Zarco de nuevo al otro lado del horizonte, como si no existieran.

Aunque el asesino de Santi Serradell estuviese allí mismo, a menos de diez kilómetros, en algún lugar de la isla.

Me dio por la filosofía, lo de sentirme pequeño y todas esas cosas. Lo encontré natural y dejé que me invadiera ese estado de relatividad einsteniana. Los tres mil seres que poblábamos Pascua en ese momento éramos tres mil Robinson Crusoes adoptados. Miles de kilómetros de agua envolviéndome por todas partes.

—¿Eres feliz? —le pregunté a mi cabeza de moai favorita.

No dijo nada. Continuó mirando a lo lejos con aquel afilado rostro ingrávido suspendido en el tiempo, quizás preguntándose qué hacía allí, por qué nunca había llegado a su destino tras ser arrancado de las rocas y esculpido con maestra sabiduría.

Vi cómo se ponía el sol.

Y capturé ese momento. Sí, lo capturé.

Para volver a él otras veces, cuando lo necesitase.

El regreso a Hanga Roa fue rápido, apenas quince minutos, anocheciendo. Fue a lo largo de él cuando la realidad se abrió paso de nuevo en mi.

—¿Le llevo a su hotel, señor?

—No, déjeme en el cementerio.

—¿Quiere que...?

—Sólo eso, gracias —le detuve su intento de Dios sabía qué.

Bajé en el cementerio. Ya había pagado el día, pero le di una propina de cinco dólares. Me correspondió con una sonrisa expansiva en su rostro moreno y bigotudo. Nos estrechamos la mano y ahí acabó mi jornada turística.

Miré en dirección a la casa de Edelmiro Valle.

Y por segunda vez hice aquel camino.

Una mortecina luz emergiendo a través de la ventana me reveló que él, Osvaldo Reinosa, estaba allí.

31

No llamé a la puerta. Me acerqué despacio y me asomé a la ventana. En el interior vi a un hombre de unos setenta años, cabello largo y blanco, barba larga y amarillenta, rostro indefinible, surcado por los caminos de la vida en forma de arrugas entrecruzadas. Preparaba algo en un fogón alentando las brasas con un pay-pay.

Pasé un largo minuto contemplándolo.

Si me lo hubiese encontrado por la calle, allí, en Santiago o en Barcelona, habría imaginado que era un abuelo, alguien con una vida hermosa, un pasado, una historia. Situarlo en el ojo del huracán le confería una irreal sensación de falsedad. La burla. Como los criminales de guerra nazis que aún caían no muchos años atrás y en el presente en cualquier parte del mundo dónde se hubieran escondido, convertidos en venerables ancianos que ocultaban los rasgos del lobo que un día fueron y, posiblemente, seguían siendo. Matar a una persona o a diez, a cien o a mil, ¿qué más daba? La guerra desatada por la locura de Hitler, los tres millones de camboyanos masacrados por Pol Pot y sus jemeres rojos, los ochocientos tutsis genocidamente caídos en África en los 90 o los cinco mil mal contados a cargo de Pinochet.

Uno o un millón. Asesinato o masacre. Exterminio o genocidio. Al fin y al cabo, ¿no era lo mismo?

Serradell, Laval y Sequeiros a manos de Osvaldo Reinosa.

Quise irme.

Y al mismo tiempo quise acabar con aquello de una vez.

Ganó lo segundo.

Me planté en la puerta y la abrí. No llamé. Empujé la hoja de madera y me quedé en el quicio, igual que una aparición. No tenía aspecto de Ángel de la Venganza. No era más que un hombre. El dueño de la casa tardó unos segundos en reaccionar. Cuando lo hizo volvió la cabeza y frunció el ceño. Se transmutó.

Su voz no fue amable, ni cálido su semblante.

—¿Quién es usted?

—Me llamo Daniel Ros. Soy español, periodista.

—¿Y qué quiere?

Estaba cansado, y tenso, y... ¿Entablaba conversación con él? ¿Fingía? Dios, ¿para qué? Se lo dije.

—Sólo una cosa, señor Reinosa: saber dónde está enterrado Santiago Serradell, el muchacho español que usted mató hace casi veintisiete años.

No se movió. Ningún rictus alteró sus facciones. Ni siquiera le traicionó un destello en la mirada o un gesto de una mano. Contuvo todas y cada una de sus emociones de una forma prodigiosa y natural. Tal vez estuviese preparado para ello. Tal vez se hubiera entrenado toda la vida. Tal vez aún creía en su poder.

Creo que transcurrieron cinco largos segundos.

—No creo haberle entendido —manifestó.

—Yo creo que sí.

—Me llamo Edelmiro Valle, ¿por qué me ha llamado Reinosa?

—Porque usted es Osvaldo Reinosa, ex capitán del Ejército. A comienzos de enero de 1974, en algún lugar de Chile, detuvo a un sindicalista llamado Fortunato Laval y a dos jóvenes amigos suyos, homosexuales como él, Ignacio Sequeiros y Santiago Serradell. Los torturó y los mató. Después los enterró y han constado como desaparecidos desde entonces.

—Oiga, ¿está usted loco? —volvió a fruncir el ceño.

—No, ¿y usted?

—Váyase antes de que llame a la policía.

—Hágalo —le reté—. Puede que sea más difícil así, pero de todas formas el resultado será el mismo. Con Acevedes muerto y Zarco como único testigo...

Ahora sí logré arrancarle un vértigo, una brizna de miedo. Fue apenas un parpadeo, un guiño, el espasmo del dedo pulgar de la mano derecha.

—No sé de qué me está hablando —insistió.

Miró cerca de si mismo. Había un cuchillo a un par de metros. Un enorme cuchillo de cocina. Volvió a depositar sus ojillos agotados en mi.

—Señor Reinosa, ha sido un largo viaje a través de medio mundo. No nos subestime, por favor.

—¿Por qué habla en plural? —buscó a alguien más detrás de mi.

Extraje el documento de la CIA, una nueva fotocopia, no la que había arrugado Marcelo Zarco. Se la dejé caer sobre la mesa, a medio camino de ambos.

—Me envía Agustín Serradell, el padre de ese muchacho.

Osvaldo Reinosa alargó la mano sin dejar de mirarme, como si temiera que fuera a dispararle o algo así si perdía mi contacto visual. Leyó el papel, lo asimiló, frunció el ceño por tercera vez.

—El señor Serradell no quiere nada de usted. Es un anciano a las puertas de la muerte. Lo único que le pide, como padre, es que me diga dónde enterró a su hijo. Nada más. Dígamelo y me iré para dejarle en paz. Nadie volverá a molestarle.

El dueño de la casa arrojó el documento sobre la mesa con desprecio. Ahora su voz estuvo preñada de rabia mal disimulada. Era tozudo. Se aferró a su esperanza como un superviviente del Titanic a la madera que podía mantenerle con vida unos minutos más en aquellas aguas heladas.

—Me llamo Edelmiro Valle, no sé quién es ese hombre, ese tal... Reinosa del que me habla, ni conozco a esos otros dos. Este papel no significa nada para mi. Ha hecho usted un largo viaje en balde, amigo. Se ha equivocado.

—No lo he hecho.

—Entonces sí está loco si cree que puede entrar en mi casa y acusarme de...

—Escuche —se lo dije con cansancio, porque de pronto me sentí muy agotado—. No soy juez, ni policía ni otra cosa que no sea un mensajero. Un hombre va a morir y quiere que su hijo vuelva a casa. ¿Es tan difícil de entender? No va a haber acusaciones. No va a haber nada. Quiero una tumba, señor Reinosa. ¿Por qué no me ayuda y se ayuda a si mismo haciendo algo bueno en su vida, satisfaciendo por lo menos la última voluntad del hombre al que destrozó como si le hubiese matado a él?

Mi tiempo había terminado.

Osvaldo Reinosa se movió, dio un paso, alargó la mano y atrapó el cuchillo. Me apuntó con él. Sus ojos brillaban. Ya no era el anciano, el abuelo venerable. Volvía a ser el asesino de antaño. Recuperado y dispuesto a matar, ahora por su vida. El hombre capaz de torturar a tres inocentes, tal vez por razones personales, como me había dicho Zarco. "Reinosa tenía una cuenta pendiente con Laval, nada más. Era un pobre diablo. Simplemente fue a por él". Por él y por los dos inocentes a los que pilló de por medio, tan maricones según su mentalidad militar como el otro.

Ya no era una conversación. Era mi posible caída.

—Está loco, ¿sabe? —la voz de Reinosa temblaba—. ¡Lárguese!

—Ya no podrá escapar —fue mi último intento.

Avanzó hacia mi. Cuchillo en ristre. No me quedé para disputárselo, ni para continuar discutiendo de moral y de derechos humanos. Hice lo único que podía hacer, lo más sensato, lo más cobarde pero lógico.

Dar media vuelta y salir por la puerta.

Me la cerró de golpe.

—¡Maldito hijo de puta! —le oí gritar fuera de sí—. ¡Váyase! ¡Váyase a la mierda, cabrón, maricón! ¡Váyase y déjeme en paz!

32

—¿Otro pescado?

—A su gusto, señora.

—Me alegro de que le pareciera bien. Siéntese, siéntese y póngase cómodo. ¿Ha hecho turismo?

—Sí.

—Llévese a Pascua en la memoria. Le durará toda la vida.

—Lo sé.

—¿De beber, agua, como ayer?

—Una cerveza.

Me bastaba con eso para emborracharme. Gajes de no tomar alcohol. Pero, ¿y qué, si me emborrachaba?

Al diablo con todo.

Me la trajo, un vaso y una lata. Volvía a estar solo en su restaurante. Si dependía de él, nunca llegaría a hacerse rica, aunque dudaba de que pensara hacerse rica. Me contempló como si fuera una santera cubana, escudriñándome el cerebro. Casi noté como me lo removía.

—Parece triste.

—Bueno, será la distancia —mentí.

—No tenía que haberse venido solo a Pascua.

Pensé en Natalia. Estaba de acuerdo.

—Relájese. En cinco minutos tendrá la mejor cena del mundo.

Desapareció en el interior de su cubículo. Me dejó perdido con mis pensamientos, con la sensación de fracaso y también con el pequeño prurito de mi éxito. Había dado con Reinosa. Lo había conseguido. El resto ya era un imponderable.

Que Agustín Serradell se las compusiera como pudiera.

El pobre diablo.

El pobre pero rico diablo.

No quería llamar por teléfono a Juanma Sabartés. No tal y como me sentía. ¿Para qué hacerlo? Lo haría al día siguiente. A lo peor me pedía que metiera a Reinosa en un saco y me lo llevara de Pascua, como un souvenir. Necesitaba dejar la noche de por medio.

Y tentado estuve de hacer aquella llamada telefónica.

Al salir de la casa de Osvaldo Reinosa y llegar a la carretera ni tan sólo había tenido que caminar a pie bajo la penumbra del rápido anochecer en dirección a Hanga Roa. Me encontré con un taxi de bruces. Le pregunté si me podía llevar al hotel Iorana y ningún problema. Había estado tumbado en la cama, mirando el teléfono, arropado en el silencio, hasta decir que no, que Juanma Sabartés iba a esperar. No quería saber nada más del caso aquella noche.

Quería cenar y soñar que estaba en Pascua de vacaciones.

Otro taxi me había llevado hasta la calle de los restaurantes casi dos horas después, con mi amiga, la señora que me había adoptado. Esta vez sí necesitaba hablar con alguien.

Me trajo la cena, otro hermoso pescado sin nombre, aderezado con arroz, condimentos, salsas y papas fritas. Estaba orgullosa de si misma, así que me lo plantó delante y se esperó a que lo probara, arrobada. Le bastó con ver mi cara.

—¿Bueno, eh?

—Delicioso.

Me dejó comerlo, pero no me perdió de vista. Esta vez sí, para cuando lo estaba terminando, salió afuera y se sentó en la mesa contigua fingiendo despreocupación. Fui yo el que rompió la tregua verbal.

—¿Ha hablado con su hija?

—Sí, sí señor —asintió con la cabeza.

—¿Llegó bien?

—Muy bien, gracias. Hemos pasado una hora llorando por teléfono ésta mañana. ¡Ay, señor! La primera vez... Si es que ser la del medio es tan duro...

—Tanto da ser el del medio como el mayor como el menor —aseguré convencido.

—Aquí es distinto, ¿no lo sabe? Aquí las bendiciones y las maldiciones funcionan mejor que en cualquier parte del mundo, y no es superstición. El poder de los hijos, por ejemplo. Verá, el hermano mayor y el menor en nuestras familias se respetan mucho, porque están en los extremos. Se necesitan y se equilibran. Dependen mucho uno del otro. El hijo mayor tiene un gran poder energético, y el menor dice que "casi" tiene tanto poder como el mayor. Pero es que es así. Es una rivalidad buena y necesaria. Entre ellos se establece el vínculo que alimenta al resto. Por eso si hay tres, como en mi casa, el del medio anda un tanto perdido entre tanta energía de los otros dos. Esa es una fuerza tremenda.

Era apasionada, y lo que contaba me resultó, de pronto, apasionante. Los ojos desprendían chispas, las manos agitaban el aire, su corazón bombeaba sangre en oleadas cadenciosas y contínuas.

—Así que todo está en los hijos.

—Pues sí. Mire, por ejemplo, si el padre enferma, el hijo mayor no puede ir al hospital, porque si va y el padre le ve, piensa que se va a morir. Un hijo mayor acude al hospital sólo cuando la muerte está de camino, para despedirse de él. No podemos ignorar esas fuerzas.

Hablaba desde el fondo de su creencias, segura, firme.

—Me gustaría quedarme aquí un mes.

—Se aburriría, pero aprendería mucho —me hizo un guiño.

Tenía que haber sido muy hermosa de joven. Mucho. Aún destilaba ese encanto mitad polinesio mitad salvaje envuelto en su patina de normalidad madura. Aunque no tendría más de cuarenta y algunos. Al pensar en su lado exótico recordé algo.

—¿Intervino usted en la película "Rapa Nui" como extra?

—Yo no.

—Es usted muy hermosa. Creía que todo Pascua lo había hecho.

—Gracias por el cumplido —me sonrió afable—. Todos lo hicieron, sí, claro, pero yo cocinaba. El señor Costner quería comer bien. Y eso que sólo venía los fines de semana.

—¿Cocinaba para Kevin Costner?

—Sí. Llegaba en su jet privado, pasaba el fin de semana supervisando la producción, se enfadaba por el retraso, era todo un carácter. A mi me quería, y eso que yo le gritaba mucho. Le decía : "Mira, Kevin", porque le hablaba de tu, "no se porque tienes que traerte actores de Nueva Zelanda. Se nota que no son de aquí. ¡Es tan evidente! ¿Te crees que nosotros no podemos hacer de nosotros mismos? ¡Eran nuestros antepasados, por Dios!". Pero él nada, tozudo, haciendo lo que le daba la gana. Y así le fue. ¡Que espantosa película! ¡Que ridículo para nosotros! ¡Teníamos tantas esperanzas puestas en ella! ¡Fue una pérdida de tiempo!

—Pero les dejaron un buen dinero, ¿no?

—Y mucha porquería. Un año entero. Mejor ni hubiesen venido. Para lo que hicieron...

Continuamos hablando, de la isla, de ellos, de su mundo. Una lección rápida de supervivencia en medio del Pacífico. No le menté a Edelmiro Valle. Ya no. Preferí sumergirme en una cultura ancestral en la que me sentía extraño pero cómodo. Me habló de hijos, de necesidades, de que en Chile se les tenía olvidados, de que el turismo era necesario pero depredador. Me habló y me habló hasta que comprendí que podía pasarme allí la noche. Entonces le dije que me llamara a un taxi y al minuto uno de los coches con el distintivo aparcó delante. Le estreché la mano y le dije que volvería al día siguiente.

El taxista me llevó al Iorana, perdí mi llave y me fui directamente a mi habitación después de ver que en el televisor de la sala comunal estaban dando un "Expediente X" doblado a la sudamericana. No se me hacía la voz de Mulder y Scully con el "vos" y las inflexiones habituales, como los "qué se yo", "ponte tú", "que quieres que te diga", yo pienso que" y demás. Sólo hubiera faltado para hacerme chirriar el oído que uno de ellos dijera el aún más clásico "po's oye" o la coletilla "¿ah?" al término de una frase. En boca de los chilenos era encantador y auténtico, pero no en mis amados Mulder y Scully.

Me senté en la cama de mi deprimente y vacía habitación y entonces sí descolgué el auricular del teléfono, pero no para llamar a Juanma Sabartés. Miré el número y marqué despacio. Al otro lado una voz somnolienta, recién despertada, me preguntó con alarma:

—¿Sí, quién es, qué pasa?

Sólo en ese momento recordé que en Santiago era pura madrugada.

—Perdona —me excusé llevándome una mano a la frente para apoyarla en ella.

—¿Daniel?

—He marcado antes de pensar en la hora que tienes ahí.

—Oh, no importa, en serio —pareció despejarse del todo—. ¿Qué ha sucedido?

—He encontrado a Reinosa.

—Dios... —gimió.

—No ha dado su brazo a torcer. Nada. Me ha echado a punta de cuchillo.

—Lógico —suspiró.

—Supongo que sí.

Le había dado vueltas a ello. Todas las vueltas del mundo. En realidad... ¿qué esperaba Agustín Serradell? ¿Qué esperaba?

—Esto es una maldita locura —continué ante el silencio de Natalia.

—Ahora ya está.

—Sí.

—Siento que tengas que quedarte otro día.

—Yo también. Ya he visto la isla.

—¿Crees que pueda ser peligroso?

Miré la puerta, la ventana con la terracita que daba a nivel de tierra. No había pensado que pudiera ser peligroso. Y lo era. Iba a compartir aquel espacio del mundo con un asesino que de repente estaba acorralado.

—No —tranquilicé a Natalia.

—¿Quieres hablar?

—Sólo querían oír tu voz. Vuelve a dormirte antes de que te desveles del todo.

—Ya estoy desvelada —no lo dijo como protesta, sino como invitación.

Así que hablamos, diez, quince minutos.

Fue un bálsamo.

Después, antes de acostarme, atranqué la puerta con una silla y le puse otra trampa a la que daba a la terracita.

33

No dormí lo que se dice bien, tuve pesadillas, di vueltas y más vueltas en la cama, pero a eso del amanecer sí me entró el sueño profundo que me hizo abrir los ojos pasadas las diez de la mañana. Me tomé una ducha y me vestí con lo más deportivo que tenía, dispuesto a pasar un día perdido en mitad de un sueño. Pensé que volvería al Rano Kau para extasiarme con su lago interior, en el que se reflejaba el cielo azul intenso entre las plantas acuáticas, y que visitaría por segunda vez Orongo para sentirme Hombre Pájaro y ver los tres motus en mitad del mar. Era lo más cercano y a lo mejor hasta me iba a pie. Yo haciendo de excursionista.

Ory me saludó con una sonrisa dulce al entrar en el comedor, pero muy rápidamente apartó la mirada. Me serví el desayuno, le pedí dos huevos fritos y los tomé con calma. La leche era buena. Estaba solo. Cuando ella reapareció se dirigió a mi por primera vez.

—¿Ha visto nuestra piscina de piedra?

—No.

—Está ahí abajo —señaló el desnivel que conducía a la costa más cercana al hotel—. Es muy bonita.

—Gracias, Ory.

Recuperó sus formas tímidas y serias y me dejó. Cuando acabé el desayuno, aunque sólo fuera por si ella me observaba, fui a ver la piscina de piedra. Descendí por un sendero hasta la rocosa base volcánica que formaba la unión de Pascua con el mar. La piscina estaba allí, y desde luego era de piedra. Habían aprovechado un accidente del terreno para construirla. Más sorprendente fue descubrir entre aquella exuberancia de lava sólida un pozo que se llenaba y se vaciaba con la subida y la retirada de las olas. Cuando rebosaba estallaba en forma de géiser haciendo un silbido característico. Perdí cinco minutos extasiado como un niño ante el fenómeno, cautivado por el azul de las aguas. Luego reinicié la subida al hotel.

Ellos aparecieron por la mitad.

Eran tres, todos de uniforme. Dos con aspecto de simples números y el otro con galones. Fue el que me detuvo extendiendo una mano para que me parara.

Lo que menos me gustó fue que los dos adláteres se apartaran, uno a cada lado, en un gesto inequívoco de control policial.

—¿Señor Ros?

—Sí.

—¿Tendría la bondad de acompañarnos, por favor?

—¿Yo? ¿Por qué?

Era una pregunta idiota. La policía, en cualquier parte del mundo, cuando te detiene no te da explicaciones. Dicen eso de "es una formalidad", "no pasa nada", pero se te llevan igual. Fruncí el ceño y comprendí que no era una broma. Nada es una broma cuando hay policías de por medio. Y menos sí tú eres un pringado que está a miles de kilómetros de tu casa y...

Edelmiro Valle. Osvaldo Reinosa.

Me sentí como un completo gilipollas.

No tenía sentido resistirme, protestar o montar el número. Además, no me pusieron unas esposas ni nada parecido. Sólo "me invitaban" a acompañarles. Acabamos de subir la senda y ya en el hotel me sentí igual que una atracción de feria. Todos estaban allí, la recepcionista, Ory, el personal de cocinas o limpieza. Me miraban como si yo hubiese robado un moai y pretendiera sacarlo de Pascua en la maleta. No tuve ni deseos de sonreír para demostrar inocencia.

El coche de la policía llevaba un distintivo curioso. No eran exactamente carabineros. Era un cruce de ejército y agentes de la ley a la pascuense. Me sentaron detrás, con uno de los números al lado, y los otros dos se sentaron delante. Hice una única pregunta:

—¿Va a decirme de qué se trata?

Y ante su silencio opté por callar.

¿Como se sentiría Juanma Sabartés cuando le llamase desde el otro lado del mundo para decirle que me habían detenido Dios sabía por qué y tenía que empezar a movilizarse para sacarme del lío?

¿Qué lío?

¿Qué les habría dicho Edelmiro Valle para que me detuvieran?

¿Y si la ley también estaba conchabada para proteger a los asesinos del pasado? ¿Una conjura?

La cabeza empezó a disparárseme. No me gustaba nada el giro de los acontecimientos. También pensé en los dos muertos de Santiago. Eso me hizo sudar. Sudar de verdad.

De pronto Pascua se acababa de convertir en una gran cárcel.

El trayecto no fue muy largo. Ni siquiera tuvimos que rodear el aeropuerto para ir a Hanga Roa. Los carabineros y la policía internacional vivían juntitos compartiendo espacio muy cerca del hotel. El coche se detuvo, me hicieron bajar y entré en unas dependencias tan frías como ruinosas, parcas en material, con un sólo ordenador a la vista y archivos metálicos tipo la oficina siniestra de La Codorniz. No nos detuvimos hasta entrar en un despacho. Mi oficial, entonces, se sentó al otro lado de la mesa, en su sitio, y a mi me tocó hacerlo delante. Los dos agentes se quedaron custodiándome uno a cada lado.

—¿Va a decirme ahora que está pasando? —le apremié cada vez más nervioso.

—¿Cómo se hizo eso de la cara?

—Fue en Santiago, antes de llegar aquí. Una caída.

El inspector, o lo que fuera, sacó mi pasaporte del bolsillo superior de su uniforme.

—¿Ha entrado en mi habitación? —protesté con inquietud.

Ni caso. Lo abrió y lo estudió atentamente.

—¿Quién es usted? —preguntó por fin.

—Ahí lo dice: Daniel Ros Martí.

—¿A qué se dedica señor Daniel Ros Martí?

—Soy periodista.

—¿Periodista? —alzó una ceja como si eso no le encajara—. ¿Y qué hace aquí un periodista español, y solo?

¿Qué podía decirle, que estaba haciendo turismo? No valía la pena. Siempre he creído que la verdad, aunque a veces es lo menos real, acaba siendo lo más prudente. Recuerdos de mi época estudiantil, cuando los "grises" nos perseguían a golpes de porra.

—Estoy haciendo un reportaje.

—¿Y sus cámaras?

—Soy periodista, no fotógrafo.

—¿Está haciendo un reportaje de Pascua?

—No.

—Esa ha sido su primera respuesta inteligente —dejó mi pasaporte sobre la mesa y unió las yemas de sus dedos en un gesto policial muy característico. Lo habíamos visto en una docena de películas—. ¿Que clase de reportaje hace aquí, señor Daniel Ros Martí?

Me molestaba que dijera todo mi nombre, entero, aunque si pretendía irme acojonando lo estaba consiguiendo.

—Personas con un pasado concreto.

—No le entiendo.

—Hablaba con ex-militares retirados para entrevistarles.

—¿Vino hasta Pascua para hablar con un ex-militar retirado?

—Vine a ver a uno, sí.

—¿Encontró alguno aquí?

—Edelmiro Valle.

El nombre le hizo ladear la cabeza en un gesto de asentimiento. Era igual que haber acertado, por fin, con una respuesta.

—¿Habló con él?

—Sí, anoche.

—¿Le conocía anteriormente?

—No, no le había visto nunca.

—¿Quién le dijo que el señor Valle era un ex-militar?

—Amigos suyos, en Santiago.

—¿Y... que tal fue la entrevista?

—Mal. No quiso contarme nada y me pidió que me fuera.

—¿Lo hizo?

—Sí.

—¿A qué hora sucedió todo eso, señor Daniel Ros Martí?

Y dale.

—Oiga, ¿va a decirme de una vez qué está pasado y que hago aquí? —comencé a impacientarme.

Él no.

—¿A que hora sucedió todo eso, señor Daniel Ros Martí?

—Sobre las siete —suspiré rindiéndome—. Hice turismo por la isla, el guía me dejó cerca de la casa de Valle, hablé con él menos de cinco minutos, me fui y tomé otro taxi frente al cementerio, hasta mi hotel. Pasé un par de horas o menos en mi habitación y después me fui a cenar en otro taxi. Estuve como hora y media o más cenando y hablando con la dueña, aunque no recuerdo su nombre. Un nuevo taxi me llevó hasta el Iorana y he dormido toda la noche. Eso fue lo que hice. ¿Algo más?

—¿No salió otra vez?

—No.

—Sabe que vamos a comprobarlo, ¿verdad?

—¡Hágalo, por Dios! —grité—. ¡Aquí le será fácil!

No se alteró.

Sostuvo mi mirada de alucinada incomprensión, estudiándome.

—O es usted estúpido o nos dice la verdad —consideró.

Era el comentario más incordiante que jamás he oído, sobre todo teniendo en cuenta la situación. Reinosa me había denunciado por algo, no podía tratarse de otra cosa. Claro que también podía haberme puesto drogas en la bolsa, o llamar a sus amigos militares o...

¿Qué?

—Le digo la verdad —aseguré con todo mi énfasis.

—¿Quiere acompañarme, señor? —por una vez se olvidó de masticar mi nombre al completo.

Se puso en pie. Yo hice lo mismo. Creo que no estaba previsto que volviéramos a salir, porque le ordenó a uno de los agentes que trajera de nuevo el coche. Salimos fuera y el vehículo apareció a los pocos segundos. Nos sentamos exactamente igual que antes y en silencio. Ahora mi cabeza ya no paraba. Nada tenía sentido, o lo tenía todo. Me alegré de que Natalia no estuviese conmigo, aunque en el caso de haber estado igual me habría ayudado.

No estaría solo.

Como ya era habitual, el trayecto duró menos de cinco minutos. Llegamos a Hanga Roa y la parada tuvo lugar en el hospital de la isla, más arriba de la aparatosa y semi-colonial iglesia de la ciudad. Nos apeamos y entramos dentro. Todo el mundo me miró de una forma curiosa, más o menos como si yo fuese un monstruo. Eso lo noté. Descendimos una planta y llegamos al sótano. El oficial iba en cabeza, yo le seguía, y los dos agentes cerraban la comitiva. La última puerta que traspusimos era mitad metálica mitad de plástico, pero al otro lado fue como penetrar en un mundo diferente y primitivo. El lugar era una mezcla de lavadero, matadero y mazmorra cutre. Debajo de una mesa vi sangre. Pero más la había encima, impregnando la sábana que cubría algo sin forma.

Algo, quizás, humano.

Noté como me miraban, el inspector, los dos agentes, el médico que se apartó al vernos entrar.

A mi.

Yo miré al que llevaba la voz cantante de todo aquello.

—¿Y bien? —le pregunté al ver que nadie se movía.

El hombre aguardó otros diez segundos. Toda una eternidad. Lo que dura la final olímpica de los cien metros libres. Me sentí como si los corriera y llegase el último y de espaldas. Cuando por fin reaccionó me tomó del brazo y me llevó hasta la mesa de la sábana ensangrentada. Empecé a oler mal, muy mal.

El policía tomó la parte superior de la sábana, por uno de los escasos puntos no manchados de sangre. En este momento yo ya sabía lo que iba a encontrarme, aunque no lo que iba a ver. Puede que eso me ayudara. Las piernas empezaron a doblárseme al comprender la realidad de la muerte.

Y más lo hicieron a medida que la sábana se apartó para dejarme ver lo que había debajo.

Osvaldo Reinosa ya no tenía cara. Era él, por el cabello blanco y la barba amarillenta, pero nada más. Le habían vaciado las cuencas de los ojos y arrancado la lengua, le habían amputado las manos y los pies, le habían quemado el resto del cuerpo que no estaba cortado o pinchado, porque en el torso debían entrecruzarse como dos docenas de heridas, y le habían quebrado los huesos de las extremidades, uno a uno, porque varias astillas surgían a través de la carne de brazos y piernas. Parecía un pelele informe. Tampoco tenía órganos sexuales.

Una masa de carne rota, despedazada.

No lo pude evitar. He visto la muerte, pero no la tortura. Mucho antes de que las piernas se me doblaran del todo, la primera arcada ya me estaba subiendo la maravillosa cena de la noche anterior y el discreto desayuno de esa mañana. Sólo tuve tiempo de retirarme un poco para no echárselo encima al cadáver. Aún así, le salpiqué los pantalones al policía antes de que pudiera apartarse de mi lado.

Y lo saqué todo. Lo juro.

34

El calabozo era pequeño, más que pequeño, una caja de cerillas. Allí no debían encerrar nunca a nadie, porque había polvo y suciedad pegada por falta de uso. Medía un par de metros de largo y otros dos de ancho. Y menos mal que la altura era superior y hasta con los brazos alargados no tocaba el techo. Una de mis pesadillas más frecuentes es soñar que me encierran en un lugar en el que no puedo incorporarme.

Me habían colocado un camastro. Todo un detalle. Creo que allí debían guardar cajas o enseres no muy utilizados, así que acababan de habilitarlo para mi, para el único detenido de la isla en muchos años, tal vez en toda su historia. El mayor imbécil del Pacífico Sur.

Ni un ventanuco. Nada. Me quitaron el cinturón para que no se me ocurriera ahorcarme en un ataque de culpabilidad y también el reloj, así que no tenía ni idea de la hora. Menos mal que no llevaba cordones en los zapatos, o también se los habrían llevado.

Y nunca el tiempo había pasado tan despacio por los márgenes de mi vida. Nunca.

Imaginé que era mediodía cuando me sirvieron una comida asquerosa que ni probé. Aún estaba mareado y débil después de la vomitona del hospital. Ni siquiera estaba seguro de poder dormir tranquilo otra vez en la vida sin ver en sueños los restos de Osvaldo Reinosa. Cuando el agente regresó para retirar la bandeja me miró sin piedad y no hizo comentario alguno. Jack el Destripador estaba en la isla.

Ahora sí que estaba de mierda hasta el cuello.

Aunque la pregunta era... ¿por qué?

¿Por qué? ¿Por qué? ¿Por qué?

No existían las casualidades. Imposible en aquel caso. Yo estaba allí y Reinosa era destrozado. Algo no encajaba.

Y lo peor era que la idea que iba surgiendo en mi cabeza era tan diabólica, tan contundentemente minuciosa, elaborada y sádica que...

—Dios...

No me habían dejado hacer ninguna llamada. Se amparaban en no sé que ley, o a fin de cuentas, en lo que les saliera de los huevos. Algo de no-se-cuántas-horas de detención preventiva. Cuando perdí los nervios más o menos a media tarde, no acudió ningún agente para interesarse por mis voces. A la hora de la cena ya no tuve más remedio que ingerir aquella bazofia, arroz, una masa verde, pan y algo que se parecía a la carne pero que desde luego no tenía visos de serlo —¿quizás murciélago? No, no había según que especies en Pascua—. Me dio miedo hasta beber agua, por si le habían puesto algo. Por supuesto que no me sentó bien y volví a vomitar en el cubo dispuesto para mis necesidades. A una hora determinada se apagó la luz de la única bombilla que colgaba del techo, y la oscuridad fue peor, mucho peor. Es curioso como la dignidad, el orgullo y la valentía humanas se van a la mierda con sólo un pequeño giro del destino. Por ejemplo la oscuridad. No lloré, pero me sentí hecho un guiñapo, la última porquería del mundo.

Y seguía pensando.

La idea de todo aquello, el ¿por qué?, agigantándose en mi mente.

Cada vez más y más real.

Cada vez más y más lógico.

Imbécil, imbécil, imbécil...

El único problema era que, por alguna extraña razón, se había encontrado el cadáver antes de lo previsto. Eso era todo.

Pero ahora estaba en sitio equivocado en el momento equivocado.

Todo el silencio de Pascua estaba allí dentro.

De alguna forma me dormí, por agotamiento o por piedad, pero fue otra larga noche de sueños a cual más dantesco. En uno de ellos, los moais me estaban mirando, todos, los mil de la isla, con sus grandes ojos abiertos como el del Ahu Tahai. En otro, hacía el amor con Natalia pero no podía consumarlo, porque ella, de pronto, también se convertía en un moai. Justo en mi moai favorito, el de la ladera del Rano Raraku. El resto de las pesadillas fue absurdo.

Cada vez que abría los ojos, la oscuridad.

Y los abrí diez, veinte, treinta veces a lo largo de la noche.

Mi última pesadilla la tuve con Juanma Sabartés.

Colgaba el teléfono riendo a carcajadas cuando le llamaba para pedirle que me sacara de allí.

35

Me despertó el ruido de la cerradura de la puerta y abrí los ojos de golpe, asustado.

Había luz. Eso sí era extraordinario. No puedo dormir con luz, por pequeña que sea. Y estaba durmiendo.

Entró uno de los agentes que ya conocía del día anterior, vestido con su uniforme impecable, y me rogó que le acompañara. Lo de rogármelo me hizo ganar un poco de confianza. Nada de ordenar. Fue un matiz muy importante.

Caminé con él hasta el despacho del jefe, que aún no sabía si era inspector o si tenía cualquier otro rango, ni me importaba. Abrió la puerta y me hizo entrar dentro. El reloj de pared marcaba las 8 y cincuenta y cinco de la mañana. Al otro lado del ventanal vi el cielo azul, el mar, la vida.

Todo seguía allí, en su sitio.

Ocupé la misma silla del interrogatorio del día anterior y esperé, con el agente a mi espalda controlándome. El policía apareció un minuto después y, sin decir nada, ocupó su sitio. Primero me miró. Mi aspecto debía ser desastroso.

Fue una larga mirada final, envuelta en nuestro silencio.

Entonces abrió el cajón central de su despacho y de él extrajo mi pasaporte, mi reloj y mi cinturón. Los dejó en la mesa, cerca de mi. No acabé de entenderlo porque mi mente estaba muy embotada.

—Es libre, señor Ros —nada de Daniel ni de Martí para resultar más policial y enfático. Señor Ros.

Sentí una extraña emoción.

Miré mis pertenencias. La llave de mi libertad.

—Así de fácil —fue mi primer comentario.

—No me gusta, pero... —chasqueó la lengua con aparente resignación—. No puedo retenerle.

—¿Por qué no le gusta?

—Porque no tengo un asesino y porque usted aún se lleva todos los números. Sin embargo...

—¿Qué? —quise que lo dijera en voz alta.

—Parece ser que usted no volvió a casa del señor Valle.

—¿Han comprobado mi coartada?

—Como usted dijo, aquí es fácil saberlo todo —ni una súplica, ni un "lo siento", y todavía podía sentirme agradecido. Sabía que lo único que deseaba era largarme de allí cuanto antes y no volver la vista atrás. Su tono era profesional. Allí era la ley. Dios—. El señor Valle fue visto después de que usted estuviese con él, dos veces, por dos personas diferentes y en momentos distintos. Los taxistas nos han corroborado su versión de cada viaje y las horas, y también la señora Mahina nos ha contado que pasaron una agradable velada conversando. Ningún otro taxista le recogió o le llevó a ninguna otra parte. Además hizo una llamada a Santiago y habló diecisiete minutos. Quedaba la posibilidad de que saliera a pie, de noche, atravesara todo Hanga Roa, matara al señor Valle, y regresara sin que nadie le viera, lo cual sería extraño, pero se ha confirmado que el señor Valle empezó a ser torturado mientras usted estaba en su hotel antes de cenar, y luego mientras cenaba tranquilamente, y que murió no mucho después. Un par de horas a lo sumo.

Dos horas de tortura.

Cerré los ojos.

—¿Puedo hacerle yo una pegunta?

—Adelante —me invitó.

—¿Quién encontró el cuerpo?

—Un amigo del señor Valle. Fue a pedirle algo y...

—De no haberle encontrado ese amigo, tal vez habrían pasado días antes de que alguien lo descubriera, ¿me equivoco?

—Así es.

Encajaba. Yo no era el pringado que iba a pagar. Nadie había pretendido cargarme el muerto. Sólo el mensajero.

El maldito mensajero.

Pero me había ido de un pelo.

Mi suerte era estar en Pascua, un lugar en el que nadie pasa desapercibido, y más si eres turista.

—No tiene ni idea de quién pudo haber hecho una cosa así, ¿verdad? —me preguntó sin ocultar su escepticismo.

—No, no señor.

—¿Cree en las casualidades?

—Sí —mentí.

—Yo no —movió la cabeza una sola vez de lado a lado—. Edelmiro Valle llevaba más de diez años viviendo en Pascua tranquilamente, como un ciudadano más, sin problemas, sin dar que hablar, sin meterse en líos. Un buen vecino, solitario tras su viudedad. huraño, apartado, excéntrico, reservado... eso sí, pero nada más. Recibe una sola visita, una sola, usted —me apuntó con un dedo—, y alguien le mata a las pocas horas. ¿No le resulta asombroso?

—Sí.

—Usted vino a Pascua solo, también lo hemos comprobado. Una mujer hizo la reserva de su hotel y compró los billetes de avión en primera en Santiago. Su comportamiento aquí ha sido como el de cualquier turista.

237

Pero es asombroso que viniera a hacer una entrevista que no hizo, porque el señor Valle no quisiera hablar con usted. Un largo viaje para nada, ¿no cree, señor Ros?

—¿Qué quiere que le diga? —abrí las palmas de mis manos para mostrárselas desnudas.

—¿De qué quería hablar con el señor Valle?

—Ya se lo dije. Me contaron en Santiago que era militar. Quería entrevistarle sobre sus actividades pasadas.

—¿Qué actividades?

—Su participación en los sucesos posteriores al golpe de 1973.

—¿Está escribiendo sobre eso?

—Sí.

—¿Qué hizo el señor Valle en aquellos tiempos?

Casi estuve tentado de contarle la verdad, de que su señor Valle era en realidad Osvaldo Reinosa, pero eso le tocaba investigarlo a él. No estaba seguro de que aún quisiera retenerme y todo aquello no fuese más que una farsa para darme confianza y hacerme relajar. Síndrome de Estocolmo. No le debía nada. Me había dado la peor noche de mi vida.

Cumpliera o no con su deber.

—No lo sé —dije—. Por eso quería verlo, para que me lo contara a cambio de dinero, aunque no aceptó y ahí terminó todo. Los militares implicados en desapariciones también desaparecieron con la democracia. Era una pista para dar con algo. En España interesan mucho los temas relativos a los desaparecidos de la dictadura. Alguien me contó que el señor Valle había estado metido y pensé... ¿Pascua? ¿Por qué no? Es un paraíso. Paga mi periódico. Fue así de simple.

Así de simple.

No me creía, pero como él mismo acababa de decir, no tenía nada en contra mío, ni un sólo argumento, ni un motivo. Mi coartada era sólida. Quería deshacerse de mi porque carecía de la menor probabilidad de colgarme el muerto.

—Su avión sale dentro de un par de horas, señor Ros. No lo pierda.

Era el fin de nuestra entrevista.

El fin de mi estancia en Pascua.

Me levanté, cogí mis cosas y salí de allí tan tranquilo como pude.

Lo único que corría era la sangre acelerada por mis venas.

36

Traté de actuar con la mayor de las naturalidades posibles, pero me era difícil.

Ya no.

Ocupé mi asiento en primera clase, me comporté, esperé, comí cuando llegó el momento, y con apetito, porque tenía el estómago vacío, y todavía aguardé a que las azafatas retiraran las bandejas en la clase turista antes de ponerme en pie y fingir que daba un paseo para estirar las piernas.

Por lo menos me había dado tiempo a tomarme una ducha en el hotel, asearme, adecentarme un poco, ponerme ropa limpia. El mismo coche de la policía que me devolvió a él, me llevó después al aeropuerto de Mataveri. Me sentí persona non grata, aunque me dejaron allí, sin esperar conmigo ni vigilarme para estar seguros de que embarcaba. Eso hubiera sido demasiado. El vuelo LA-834 de las 11,30 no despegó hasta las 12,10, así que tuve un poco de emoción añadida. A cada minuto esperaba volver a ver a mi amigo el policía regresando para decirme que había cambiado de idea. Cuando pasé el control de pasaportes pese a ser un vuelo local y el agente me miró me sentí invadido por un mareo acompañado de un dolor incipiente en el estómago.

Las últimas salvas.

Ya había examinado a los que compartían conmigo el vuelo en primera. Ningún sospechoso. Para los de la clase turista iba a necesitar más tiempo. Y lo tenía.

De todas formas no hizo falta.

Le localicé en mi primera pasada. Fila 24 asiento K.

Dormía.

De hecho no sabía a quién buscaba. Sólo a alguien que pudiera parecerme sospechoso, que despertara mi instinto, que... Pero al verle supe que era él. Lo recordé en medio de un puñetazo atroz en mitad de mi cerebro. Su imagen me vino a la mente de golpe, mientras me invadía un sudor frío que me hizo estremecer.

Escuché mi propia voz:

—Perdón.

Y la suya:

—Tranquilo.

El Santiago Park Plaza, la mañana del viernes, cuando fui a cambiarme de ropa antes de visitar a Zarco y marcharme con Natalia a Valparaíso. El hombre con el que había tropezado inesperadamente al salir y dar media vuelta porque me había dejado la cartera. Salía detrás de mí, como un turista más, y chocamos dado lo intempestivo de mi acto al cambiar de idea.

El hombre alto, rostro enjuto, seco, ojos penetrantes, bigote frondoso e incipiente calvicie frontal.

¿Más casualidades?

¿Un turista solitario, como yo?

No.

Pude verle bien debido a su sueño. Con calma. Pude impregnarme de su imagen y odiarle de forma generosa. Miré sus manos. Las mismas manos con las que había destripado a Osvaldo Reinosa. Tal vez durmiera agotado por su exceso de trabajo y de celo. Había pocos vuelos, así que se vino a Pascua conmigo, y regresaba a Santiago conmigo. Lógico.

De cualquier forma no podía perderme de vista.

'o a mi.

o era el abrelatas, el inquisidor.

él la fuerza de choque.

'odo encajaba a la perfección, incluso yo mismo.

'olví a mi asiento de primera y traté de conciliar el sueño
ndo de películas. Como en la cárcel, pensé que no lo
aría, pero estaba demasiado agotado por la noche de
ión y el miedo. La rabia, la ira, la frustración, no pudieron
edir que cerrara los ojos y me abandonase.

)ormí el resto de aquel largo y extraño vuelo de vuelta a la
.

\l mundo real, porque Pascua volvía a ser de nuevo una
al quieta en mi mente, con mi moai favorito en la ladera
Rano Raraku y la fantasía de su remoto cielo paradisíaco
endida en mitad del Pacífico.

)ormí.

Me despertó la azafata, amable y discreta, para
untarme si quería algo y decirme que íbamos a aterrizar
nos minutos, que resultaron ser veinte. En Santiago ya
a anochecido. Otro día comprimido por el recorte con la
encia horaria en contra. Cuando el avión tocó tierra ni
preocupé de mi compañero. Sabía que me seguiría, que
hacía falta otra cosa que comportarme con naturalidad y
archarme a mi hotel.

Bajé del aparato de los primeros, como correspondía a mi privilegio por viajar en primera, y en pensé en Natalia. La había apartado de mi mente. Ahora volvía a estar presente. Natalia y todo su universo. Mi promesa. Le pedí que no viniera a buscarme y no estaba seguro de si me habría hecho caso. Temía encontrármela en la salida de pasajeros, sonriendo, con pilotos y oficiales de vuelo como su marido muerto rodeándola. Yo no quería eso. No quería que me viese allí en medio. Prefería tomar un taxi y dirigirme al hotel solo.

Salí de la terminal de pasajeros y me encontré con un hombre que se me ofreció como taxista. Le pregunté el precio y me dijo que quince mil pesos. Le di la espalda y me lo bajó a doce mil. Un empleado del aeropuerto me aconsejó que alquilara un taxi oficial, sin abusos, y que eso debía hacerlo dentro. En el mostrador oportuno me cobraron ocho mil, pagué y en un par de minutos viajaba rumbo a Santiago en mitad de un tráfico abigarrado, con lo cual el trayecto duró casi una hora. Tuve tiempo de seguir pensando, pensando, pensando.

En el Santiago Park Plaza se alegraron de verme. Me dieron otra habitación, la 602, y me dijeron que me subirían de inmediato la maleta que les había dejado en consigna. Cumplieron su promesa. Salía de aliviarme de mi cuarto de baño cuando llamaron a la puerta y me la entregaron. No la abrí. Me senté en la cama y llamé a Natalia. Quería oír su voz, aunque para ello me viera obligado a dar explicaciones que no me apetecía dar por teléfono.

Fue como si estuviese pegada al aparato.

—¿Daniel?

—Hola.

—Me alegro de que estés de vuelta.

—Y yo de estar en casa —dije esa palabra. Casa.

—¿Vengo por ti y cenamos? ¿Es tarde. ¿Tienes hambre?

—He de hacer algo. Sólo quería saber si estabas en tu piso.

—Te esperaba.

—Lo sé.

—¿Qué sucede? Te noto... extraño.

Se lo dije.

—Reinosa ha muerto.

—¿Qué?

—Alguien le convirtió en una papilla.

—Gran Dios...

—Te lo contaré después, ¿de acuerdo?

—De acuerdo. Ten cuidado.

—No hay problema.

Dejé el auricular en la horquilla y me levanté. Primero inspeccioné minuciosamente mi ropa, me desnudé, la palpé toda, examiné los botones, hasta el más nimio rincón donde pudiera esconderse un micrófono o un emisor de señales. Comprobé los zapatos, el reloj, los utensilios de la limpieza personal. Hice lo mismo con mi bolsa de viaje. La maleta no porque la había dejado en Santiago. El resultado fue el mismo: nada.

Estaba limpio.

Así pues...

Volví a vestirme y salí de mi habitación.

Estaba enfadado. Muy enfadado.

37

Salí por la puerta del hotel despacio, como si no supiera a dónde ir, y me paré en mitad de la calle. Tuve que decirle al engalanado vigilante exterior que no necesitaba un taxi, porque se me ofreció solícito al momento. Examiné la calle con fingida indiferencia y me costó encontrar algo sospechoso o fuera de lugar. Pero lo conseguí.

El coche estaba aparcado a unos diez metros calle arriba, a oscuras. Fue gracias a que otro pasó con los faros encendidos, iluminándolo todo, cuando aprecié la silueta de los dos hombres sentados en su interior. No reaccioné de inmediato, seguí actuando con calma. Quizás me equivocara.

Eché a andar en sentido opuesto, hacia la calle Barcelona en la que me secuestraron los dos de la fábrica. Doblé la esquina y me detuve de inmediato para asomar la nariz por ella aprovechando la oscuridad. La puerta del compañero del conductor del coche se abría en ese momento y por ella salía un hombre. Corrió hacia mi esquina, así que tras estar seguro de mis apreciaciones, continué caminando calle abajo.

Seguí sin prisas hasta la siguiente esquina, que también doblé a la izquierda. El corazón comenzó a latirme con intensidad.

Nada más hacerlo eché a correr y me metí de cabeza en el primer portal que tuve la suerte de encontrar, a menos de diez metros de ella. Mi perseguidor no tardó en aparecer, desconcertado por mi desaparición. Desde la penumbra le vi cruzar por delante de mi, mirando arriba y abajo de la calle. Entonces tuve suerte, porque se detuvo unos instantes a unos dos o tres metros de mi portal, de espaldas.

Salí en silencio y me situé detrás suyo.

Le incrusté mi dedo índice en la espalda al tiempo que le anunciaba:

—No te muevas, ¿de acuerdo?

Tuvo un sobresalto. Hizo ademán de volver la cabeza pero no le dejé. Mantuve mi dedo presionando su espalda y le di un manotazo con la otra mano. No era el del avión. Este tenía menos estatura que yo y bastante cabello. También era más joven. No me convenía perder demasiado el tiempo, y no sólo por ese detalle, sino por lo sospechosa que era mi actitud como le diese por pasar a alguien cerca.

—Dame tu arma.

—Escucha, puedo explicarte...

—Tu arma.

Era un albur, pero acerté. Se llevó una mano a la parte trasera derecha.

—Quieto.

Yo mismo se la extraje de una cartuchera pequeña. No era gran cosa, aunque suficiente para matar a quien fuera. Me sentí mejor con ella a pesar de ser pacifista y odiar las armas.

Hice lo único que podía hacer en ese momento.

Darle con la culata en la nuca. Era lo más duro que tenía a mano para librarme de él.

Cayó a peso, como un saco, y una vez en el suelo, tras asegurarme de que seguía solo en la pequeña calle trasera a mi hotel, le registré. Su pasaporte era español. Luciano Fuentes Quintanilla, de Burgos. Su habitación en el Santiago

Park Plaza era la 507. Comprendí porque me seguía sólo uno en ese instante. No era necesario que se movilizaran los dos. El dormido llevaba en el bolsillo un pequeño transmisor con auriculares. O no le había dado tiempo a ponérselo debido a la carrera o no hacía falta puesto que yo parecía más dispuesto a dar un paseo que otra cosa.

Me guardé el transmisor y la pistola y eché a andar.

Rodee toda la manzana y subí por la siguiente calle. Al llegar a Ricardo Lyon salí por detrás del coche apostado en la acera frontal al hotel. Crucé la calzada, bajé la cabeza y caminé por ella discretamente. El conductor no me esperaba por detrás, era evidente. Vi que el coche era de alquiler.

Tome aire, saqué la pistola y abrí la puerta. Me colé dentro como una exhalación y mi amigo de Pascua dio un brinco por el susto hasta que me reconoció. Frunció el ceño todo lo que se puede fruncir un ceño a causa de una sorpresa inesperada y aún lo hizo más al reparar en mi arma. No le dejé ni respirar.

—Arranca.

—Pero...

—¡Arranca!

Arrancó. Mientras lo hacía tantee su costado derecho, pero él no iba armado, o al menos no la llevaba encima en el mismo sitio de su compañero. Desaparcó el coche despacio y rodó por la calle unos metros antes de preguntar.

—¿Hacia dónde?

—Dame una vuelta.

Se resignó. Su último y desesperado intento fue un débil:

—Oiga, no entiendo nada. Si es un robo...

—No te hagas el capullo conmigo —le espeté en mi tono más autoritario y agresivo—. Fila 24, asiento K. ¿Quieres decirme porque tenías que matarle así?

—¿A quién?

No pude evitarlo. Le tenía ganas. Le aticé con la punta de la pistola en su despejada frente. Y aunque tenía presente el cadáver roto de Osvaldo Reinosa, reconozco que lo hice por mi, por sentirme tan estúpido, y por mi noche de miedo en el calabozo de Pascua.

—¡Mierda, mierda, mierda! ¡Ya vale!, ¿no? —le grité.

El calvo del bigote, el rostro enjuto y los ojos penetrantes me dirigió una mirada cargada de animadversión y odio. Lo más probable era que nadie le hubiese atizado jamás a el. Engarfió las manos en el volante como substituto de mi cuello.

—Evita calles concurridas y semáforos —le aconsejé—. Y habla de una jodida vez porque me estoy poniendo más y más cabreado por momentos.

—Escuche, Ros —se rindió—. Lo de Pascua fue mala suerte.

—Tenían que haber encontrado el cuerpo después de irnos, claro. ¿Para que volver si ya estabas allí? Pero como te sentías tan seguro de tu profesionalidad lo dejaste ahí en medio, en su casa. Eres un imbécil, ¿sabes? ¿Te paga mucho Serradell?

Se calló.

—¿Me salvaste tú el día de la manifestación frente a la Corte de Apelaciones?

—Sí.

—¿Y lo de los dos tipos que me secuestraron...?

—También. Si no llegamos a seguirle...

—Tardasteis lo vuestro. Casi no lo cuento.

—No sabíamos qué hacer ni qué estaba sucediendo. Pero lo hicimos, ¿no?

—Pegando tiros.

—No hubo más remedio.

—O sea que he de darte las gracias.

Volvió a cerrar la boca. Se sentía furioso, eso podía notársele.

—¿Qué hicisteis con los cadáveres? —pregunté.

—Esperamos a que se marchara y nos deshicimos de ellos. No van a encontrarlos.

—Si lo hacéis igual que el de Reinosa... —me burlé sin ganas.

—¿Y mi compañero?

—Durmiendo.

—¿Cómo ha dado conmigo?

—Ah, ah —me abstuve—. Aquí las preguntas las hago yo, y tengo muchas.

—Yo no sé nada.

—Tú lo sabes todo —me daba asco, pero era la reafirmación de todas mis sospechas, de todas mis verdades—. ¿Te dijo Reinosa donde estaba la tumba de Santiago Serradell antes de matarle?

—No.

—¿No?

—No —vio que movía la mano con la pistola y se apartó temiendo un segundo golpe—. ¡Le digo que no, joder!

—¿Por qué no te lo dijo?

—No los enterró él. Eso fue cosa de sus hombres.

—¿Zarco y Acevedes?

—Sí. Él se marchó una vez muertos los tres. Se ocuparon ellos.

—¿Le creíste?

—Tal y como estaba cuando me lo dijo, sí.

Tuve un estremecimiento.

—¿Habéis matado también a Zarco?

—No.

—¿Por qué no?

—Sólo queda él. Primero confiábamos en usted. Esas son las instrucciones. Usted es el jefe.

—Pero después...

Otro silencio.

—Dios... —estaba abrumado—. ¿De verdad le interesaba a Serradell dar con esa tumba, o todo era cuestión de una venganza? Dime, ¿quería dar con ella?

—Vamos, Ros, todo ha terminado —rezongó el del bigote sintiéndose más libre y por lo tanto más enfadado también.

—¿Qué es lo que ha terminado? Que yo sepa aún me estabais siguiendo.

—¡Cuido de usted! ¿Tanto le cuesta de entender?

—Sigue quedando Zarco.

—Queríamos esperar a que se largara de Chile.

Otra sentencia de muerte.

Yo había hecho todo el trabajo sucio, la investigación, las preguntas. Inocencia pura. Oh, sí, mi buen olfato periodístico. Serradell había acertado en la elección. Plenamente. Yo era un remedo de "El espía que surgió del frío". Nunca iba a escribir un libro. No conmigo como protagonista.

—Dios, le torturaste de una forma... —recordé una vez más a Reinosa.

—¿Que cree que hacían ellos con los detenidos? Cada cuál hace su trabajo —lo dijo de forma fría.

Sin motivos personales.

Tenía dos preguntas más para él.

—Reinosa no te dijo dónde le enterraron, pero sí dónde sucedió todo, ¿no?

—Tres Puentes.

—¿Sabes...?

—Ni idea. Aún no he mirado un mapa.

—¿Cómo te comunicas con Serradell?

—Yo no hablo con el señor Serradell.

Juanma Sabartés.

—¿Cómo te comunicas con Juanma Sabartés?

Me lanzó otra de sus miradas de animadversión. Para él yo no era más que un imbécil. Un periodista que iba de honrado. Con un lirio en la mano. Una especie en peligro de extinción. Ellos eran los depredadores. Ellos y el dinero de Agustín Serradell.

Pensé en los desaparecidos por el golpe de Pinochet.

En las manos machacadas y los 44 balazos de Víctor Jara.

En los torturados que ahora mismo, en aquel instante, estaban siendo masacrados en todos los rincones bélicos del planeta.

Una gran cadena.

—Si te pego un tiro aquí mismo nadie sabrá nunca nada.

—Vamos, Ros, ¿a quién quiere engañar? Sigo siendo su seguro de vida. ¿Que cree que le harán los amigos de los de la fábrica si vuelven a la carga?

—Dime cómo te comunicas con Sabartés.

—Tengo un móvil —se llevó una mano al interior de la chaqueta.

—A mi no me dio ninguno. Supongo que no me hacía falta —se lo cogí sin apartar la pistola de su cara.

—¿Qué va a hacer?

—¿Tú que crees?

Marqué el número del secretario de Agustín Serradell y esperé. Fue tan rápido como la vez anterior. Debía dormir con el aparato pegado a la oreja, porque en España aún faltaba lo suyo para amanecer.

Pensó que quién llamaba era su hombre. El número del móvil debía estar saliendo por la pantalla de su propio teléfono.

—¿David?

—Sorpresa —me dio por cantarle.

—¿Quién...? —tardó medio segundo más en reconocer mi voz, y no pudo creérselo—. ¿Ros?

—Sáquemelos de encima, Sabartés.

—¿De qué está hablando...? —era el número del móvil y mi voz. No encajaba. Debía estar atando cabos, pero no lo lograba—. ¿Ros, se encuentra bien?

—Escuche, Sabartés —le detuve—. Hablo en serio. Se acabó, ¿entiende? Se acabó.

—¿Desde dónde llama? —hizo su primera pregunta con sentido.

—Le paso a su perro de presa.

Le di el móvil al tal David.

—¿Señor Sabartés? —hubo una primera pausa—. No lo sé, pero está aquí, apuntándome con una pistola —segunda pausa—. No, no va a disparar. Sólo está enfadado —me miró con la tercera pausa para estar seguro de que acertaba—. En Santiago, sí —cuarta pausa—. Todo. Tengo la cinta, no se preocupé. Sólo falta... —la quinta pausa fue mayor.

Hablaban de Zarco.

O eso imaginé.

¿Una cinta?

—¿Grabaste la confesión y la tortura de Reinosa... o la filmaste en vídeo? —me estremecí horrorizado.

Música de cámara para los últimos días de Agustín Serradell.

—De acuerdo, señor Sabartés —David me tendió el móvil—. Quiere hablar con usted.

Iba a decirle que no, pero cogí el aparato.

—¿Ros?

—¿Qué quiere?

—Ha hecho un buen trabajo.

—¿Lo cree así? Vine a por una tumba, y aún no he dado con ella.

—Escuche...

—No, escúcheme usted —estaba cansado, harto, y volvía a tener náuseas después de saber lo de la cinta—. No toque a Zarco. Le necesito. No lo haga ni antes ni después de verle o iré a la policía, se lo juro. Y dígale a su asesino que me deje en paz.

—Es por su seguridad, señor Ros. David me contó que le secues...

Corté la comunicación y miré al semicalvo del bigote.

—Para.

—¿Aquí?

—Sí, aquí.

—Déjeme que le lleve al hotel.

—¿Contigo? No, gracias.

—Es injusto, señor Ros —seguía llamándome de usted. Un asesino muy ético.

—¿Has oído a Sabartés?

—Sí.

El coche estaba detenido. Abrí la puerta.

—Me quedo con esto, por si acaso —agité la pistola delante de su cara y arrojé sobre la guantera el aparato transmisor que le había quitado al otro—. La echaré a la cloaca antes de subirme al avión de regreso a España, descuida.

—Ros, no sea estúpido —se puso casi paternal.

—Eso es precisamente lo que soy —reconocí—. Pero incluso en la estupidez hay una reserva para la dignidad —cerré la puerta y agregué—: Lárgate.

Se me quedó mirando desde el interior del vehículo.

Los dos nos pusimos en marcha al mismo tiempo, él calle abajo y yo calle arriba.

38

Natalia me abrió la puerta envuelta en una bata de estar por casa, suave y elegante. Se me quedó mirando antes de abrazarme durante unos largos y cálidos instantes. Después depositó en mi mejilla su habitual beso, que esta vez me pareció más intenso. Noté sus manos en mis brazos, y a través de ellas se filtró en mi la inquietud que reflejaban sus ojos, tamizada por el alivio de tenerme de nuevo con ella y en su casa.

—Pasa —me invitó.

Lo hice. No me detuve hasta la sala. Parecía que hubiesen transcurrido un millón de años desde la última vez que había estado allí, la mañana del viernes. Y sólo era martes por la noche.

Por la mañana había despertado en una lóbrega celda de Pascua.

Dejé la pistola sobre la mesa. Abrió los ojos al verla pero no hizo ninguna pregunta inútil. Esperó que yo mismo se lo contara todo. Me dejé caer en el sofá y alargué una mano para que ella hiciera lo mismo, a mi lado. La necesitaba cerca. Quería sentirla viva bajo mis dedos. Me obedeció sin palabras y me acarició la mejilla, allá dónde los restos de mi encuentro con los cadáveres de la fábrica aún eran visibles.

—Serradell me utilizó de anzuelo —se lo solté.

—¿Cómo?

Hice una somera recapitulación, tanto para decírselo como para repetírmelo a mi mismo en voz alta y acabar de creérmelo. Encaje de piezas.

—Agustín Serradell consigue un documento que la CIA y el Departamento de Estado americano van a desclasificar. Tiene unos días de ventaja. En él aparece por primera vez el nombre del asesino de su hijo y de sus dos colaboradores. Sólo eso. Nada de la tumba. ¿Una denuncia? ¿Un proceso legal? No. Se está muriendo. Le quedan seis meses de vida. Puede que menos en condiciones. ¿Mandar a un detective? Ya envió muchos en el pasado. Tiene un imperio periodístico y es de los que cree en el poder de un buen periodista. Así que encuentra al hombre idóneo: yo —señalé hacia mi mismo con ironía—. Me convence para que haga el reportaje de mi vida aunque nunca he querido hacer el reportaje de mi vida, y atrapado por un montón de sensaciones y emociones, Chile, mis recuerdos, Pinochet, justicia y un largo etcétera, aquí que me presento yo. Pero no soy más que el anzuelo, el caballo de Troya. Pone a un asesino detrás de mis pasos. ¿Misión? Hacer el trabajo sucio de verdad para cumplir con la gran venganza, el objetivo real de todo. Busco y doy con el principal inductor, Osvaldo Reinosa. Voy a Pascua pero ese hombre me sigue y viaja conmigo. La misma noche después de mi encuentro con Reinosa, nuestro asesino le interroga y le tortura reproduciendo más que probablemente lo que el mismo Reinosa le dice que hizo con Santiago Serradell, arrancándole ojos, lengua, sexo, triturándole los huesos y masacrándole todo el cuerpo —Natalia se llevó una mano a los labios—. Lo que no podía imaginar es que el cadáver se encontrara pocas horas más tarde, que yo fuera detenido primero y liberado después gracias a mi coartada, y que

258

atase cabos y comprendiera mi papel. ¿Quién era el asesino? Casualmente en el avión veo a un personaje con el que me he tropezado en mi mismo hotel de Santiago un día antes. ¿Dos y dos? Cuatro. Esta noche le he pillado y fin del misterio, aunque no de la película.

—No te entiendo.

—Queda zarco.

—Si han matado a Reinosa...

—Matarán a Zarco, pero no hoy, ni mañana. Así que quizás pueda salvarle.

—¿Crees que vale la pena?

Me miró fijamente al decirlo.

—Reinosa era un asesino y un torturador de inocentes, pero ha muerto porque yo llevé a su asesino hasta él. Entonces no lo sabía, pero ahora sí lo sé. ¿Quieres que me convierta en una bestia como lo han sido ellos?

—Perdona —bajó la cabeza apartando sus ojos de mi.

—Natalia —le cogí la mano. La misma mano que me había dado en La Moneda para sostenerme—. Yo no creo en la violencia.

—Lo sé.

—Agustín Serradell montó todo esto para vengarse, nada más.

—¿Y la tumba de su hijo?

—Es lo que falta por encajar. Por eso no ha matado a Zarco todavía. Reinosa le dijo a su asesino que no sabía nada de ella, porque se marchó tras morir Laval, Serradell y Sequeiros. Fueron Zarco y Acevedes los que hicieron el trabajo sucio final: enterrar a los muertos.

—¿Por qué ese asesino no ha ido a casa de Zarco y le ha torturado hasta que se lo diga?

—Porque acabábamos de llegar de Pascua y yo le he sorprendido antes. Tampoco había prisa una vez localizado. Y si no lo mató primero, cuando dimos con él, era porque no estaba seguro de precipitarse y porque la orden principal era dar con Reinosa. A fin de cuentas fue el jefe de ese grupo que acabó con la vida de Serradell.

Apoyó la cabeza en mi hombro y dejó que siguiera acariciándole la mano. Jugué con sus dedos. Eran muy bonitos. Y no fue maquinal. La estaba sintiendo centímetro a centímetro. Era lo más deliberado de mi mismo en ese instante. Casi tanto como mi frustración más y más generalizada. Recordé algo que me había asaltado el ánimo estando en el coche con David.

—¿Has leído "El espía que surgió del frío"?

—Vi la película hace años, en televisión, pero no recuerdo...

—Da lo mismo. En la película, Richard Burton es un espía —comencé a decir—. Un espía discreto y vulgar, de tercera división. Su jefe le encarga algo verdaderamente grande, y lo lleva a cabo con fe ciega, con entusiasmo. Es su oportunidad. Sin embargo le cogen, y para salvarse... cuenta lo que sabe. Al final resulta que su jefe lo escogió precisamente porque sabía que le cogerían, y porque sabía que él cantaría de plano. Así que comprende que ha sido un idiota, que fue elegido por ser idiota, y que todo ha funcionado a la perfección porque es idiota.

—¿Por qué te castigas así?

—Es la realidad.

—No es lo mismo —protestó Natalia.

—Han muerto tres hombres.

—Dos querían matarte a ti, y el tercero era una bestia.

—Natalia...

Cerré los ojos y apoyé la cabeza en el respaldo del sofá. Me vi en la celda de Pascua, a oscuras, y volví a abrirlos.

—Daniel, ahora todo ha terminado, por lo menos...

—No, no ha terminado —me invadió la rabia—. Vine a buscar la tumba de Santiago Serradell y voy a dar con ella, te lo juro. Y no lo haré por su padre. Lo haré por ese chico y por mi.

—¿Iremos mañana?

—Sí.

—¿Los dos?

—Los dos —no quería perderla en mis últimas horas chilenas.

Moví un poco la cabeza y aspiré su perfume. La besé por entre el cabello.

Sabía que me lo pediría, que no me dejaría marchar, pero lo hice yo. Quería hacerlo cuanto antes, y que ella me mirara a los ojos y me dijera que sí.

—Quiero quedarme contigo esta noche.

Me miró a los ojos, como esperaba.

Sólo vi una mezcla de piedad y ternura.

Suficiente.

—Por favor —supliqué.

Volvió a poner su cabeza en mi hombro, y continuó dejando que sus dedos fueran el oscuro objeto de mi deseo. Tardó una eternidad en decirme:

—Claro.

39

Marcelo Zarco llevaba la misma camisa y los mismos pantalones que el primer día, y tenía la misma barba, los mismos ojos rojizos y el mismo aspecto desastrado que entonces. Estaba solo. De eso nos habíamos asegurado Natalia y yo esperando dos horas a que se marcharan su mujer y sus tres hijos. Dos horas de vigilia, sin apenas hablar, sólo rozándonos de vez en cuándo.

Despertando miles de partículas eléctricas a nuestro alrededor.

Nos miró con una mezcla de sorpresa y de rabia, a partes iguales, pero se resignó. Ni siquiera hizo además de querer cerrar la puerta en nuestras narices. Se apoyó en el quicio y llenó sus pulmones de aire. Era la estampa de un hombre agotado y resignado. El intercambio de nuestras miradas duró hasta que yo le dije:

—Reinosa murió hace un par de días, asesinado.

Entonces se quebró.

Sin ruido, sin un gemido de impotencia póstumo, sin nada que no fuera la profunda sima de sus ojos hundiéndose en sí mismo y en su razón.

—Sólo queda usted, Zarco.

Se rindió y se apartó para que traspusiéramos la puerta. La cerró y echó a andar arrastrando los pies por el suelo. Llevaba unas viejas zapatillas, tan antiguas como la rueda. No nos condujo a su tallercito, sino a una discreta y abigarrada salita comedor en la que apenas si se cabía. Y ellos eran cinco. Un televisor antediluviano, una mesa, unas sillas y un sofá que en otro tiempo pudo haber sido verde. Una imagen de la virgen sobre el aparato. Algunas fotografías colgando de las paredes. Eso era todo.

Cuando se dejó caer en una de las sillas, sin invitarnos a hacer lo mismo, por fin pude ver algo más en sus ojos: miedo.

Nos sentamos en frente suyo.

—Escuche —le dije—. No creo que le hagan nada, pero he venido a avisarle.

—¿Por qué?

—No lo sé —reconocí—. Ustedes torturaron y mataron a tres hombres en 1974, dos de ellos apenas unos jóvenes. Pero soy de los que cree en la justicia.

—¿Dónde encontraron a Reinosa?

—En Pascua.

—¿Lo hizo el padre del muchacho español?

—Sí.

—Entonces lo hizo usted —se estremeció.

—No. A mi me envió a por la verdad, para que encontrara esa tumba. Al asesino le envió para cumplir su venganza.

—Es lo mismo.

Me sentí atrapado, pero no me rendí.

—Díganos lo que he venido a buscar. Eso puede bastar. Ya le he dicho que no creo que hagan nada contra usted. Su vida a cambio de lo que quiere ese hombre —jugué con él por primera vez.

—Les dije la verdad el otro día: yo no sé dónde está la tumba de ese chico.

Seguía aferrándose con desesperación a lo que creía que era su única defensa posible: su secreto.

—Antes de morir, Reinosa dijo que él mató a Laval, a Serradell y a Sequeiros, y que de enterrar los cadáveres no se ocupó. Así que lo hicieron Acevedes y usted.

—Y yo le repito que no sé dónde está esa tumba —me lanzó una mirada de orgullo envuelta en paz. Una mirada que no entendí.

Pero supe que se estaba rindiendo.

—¿Cómo es posible que no sepa...?

—Porque no hubo ninguna tumba de Santiago Serradell, señor.

Pensé en el mar, en las muchas personas que fueron arrojadas desde aviones, incluso vivas, para que no existieran pruebas de las atrocidades, para que no quedaran restos de sus cuerpos troceados. Yo también me aferraba a algo sin ver más allá de mi. Por eso me extrañó que Natalia lo entendiera antes, y que hablara por primera vez para decir:

—¿Santiago Serradell... estaba vivo?

Lo reconozco, el aire se escapó de mis pulmones y me quedé paralizado.

El silencio de Marcelo Zarco fue más explícito que mil palabras.

Abrí la boca, pero no me salió nada.

—Les torturamos los tres —el hombre se dirigía ahora a mi compañera, hablando despacio, extrayendo los recuerdos de la caverna oscura de su vida—. Pero no era una operación militar. No era nada. Reinosa odiaba a Laval por una cuenta pendiente entre ellos. Nada más. Fortunato Laval era un sindicalista pero no tenía la menor importancia. No pertenecía a ningún cuadro relevante o de mando. Era un simple desgraciado que vivía en un pueblo perdido. Para desgracia de los otros dos, estaban con él cuándo lo apresamos, en una misma habitación, haciendo... Eran maricones. Esa fue su perdición. Reinosa lo camufló como parte de un operativo, y para cubrirse las espaldas hizo un informe de ello. A fin de cuentas los tres firmaron lo que se les puso por delante, reconociendo sus "culpas". Por eso están nuestros nombres en ese documento que me mostraron y que yo ni conocía. Pensé que nadie sabía eso, aunque llevo años viviendo con mucho miedo. Cuando les mató me ordenó a mi enterrarlos —respiró con fatiga—. A mi solo. Él y Acevedes se marcharon. Yo los cargue en un jeep para dirigirme a la montaña.

—¿Y Serradell... vivía?

—Por extraño que parezca, dado su estado, sí.

—Dios —gemí.

—¿No pudo rematarle?

Marcelo Zarco bajó la cabeza.

—Hubiera sido mejor para él, pero no, no pude —admitió—. Les torturé, sí —volvió a centrar en ambos su mirada—, porque yo era un soldado y un oficial me lo ordenaba. Obediencia debida. Tal vez para ustedes no sea algo sólido o consistente, pero para nosotros sí lo era. Yo obedecí. No hice preguntas. Pero no soy un asesino. A la salida del pueblo, de camino a la montaña, oí un gemido y entonces me di cuenta de que era ese chico. Vivo. Reinosa le había dado por muerto sin estarlo. Bajé, saqué mi pistola, se la apoyé en la sien y me miró con su único ojo. Me miró y entonces... no pude. No sé si todavía era un ser humano, pero no pude hacerlo.

Los ojos se le llenaron de una patina húmeda. Debía ser la primera vez en casi veintisiete años que contaba esto en voz alta, aunque posiblemente lo hubiese revivido en su conciencia muchas más veces, cientos de noches.

—¿Volvió a ver a Santiago Serradell? —preguntó Natalia.

—No, claro.

—¿Qué hizo con él? —me tocó de nuevo el turno a mi.

—Lo abandoné a las puertas de un convento de monjas que está cerca del pueblo.

—¿Tres Puentes?

—Sí —entrecerró los ojos al darse cuenta de que yo también sabía eso.

—¿Lo dejó allí?

—Lo dejé allí, aunque... bueno, lo más seguro es que muriera en los días siguientes.

—¿Tan mal estaba?

Le cayeron dos lágrimas por las mejillas. Sólo dos. Pero habrían podido llenar un pantano de los que el viejo inauguraba en España en lo mejor de "su obra".

—Señor Zarco... —la voz de Natalia era dulce.

—No tenía... lengua, ni sexo, ni manos... Le perforó los tímpanos y le... Reinosa le arrancó un ojo, sólo uno, para que con el otro pudiera verle la cara y lo que le hacía y tuviera más miedo —musitó expandiendo el horror a nuestro alrededor—. Los tres se volvieron locos antes de...

No pudo seguir hablando. Se le cortaron las palabras. Se levantó de golpe, pasó por nuestro lado y se fue dejándonos solos. No supe que hacer y Natalia me detuvo cuando intuyó que iba a seguirle. Escuchamos un ruido y Marcelo Zarco regresó con una botella de vino barato y peleón y tres vasos. Se sirvió uno y nos dejó la botella y los otros dos vasos en la mesa, por si queríamos servirnos. No lo hicimos. Él apuró de un trago el rojo líquido. Le quedó una gota indecisa en la comisura hasta que la apartó con su antebrazo.

Recordé el cadáver de Reinosa.

El amigo David le había hecho lo mismo a él después de interrogarle y de que el ex capitán confesara. Exactamente.

Y sin embargo me di cuenta de que eso ya no importaba.

Ninguna tumba. Santiago Serradell podía estar vivo.

Podía estar vivo.

Quedaba algo por zanjar.

—Señor Zarco, ¿envió usted a aquellos dos hombres contra mi?

—¿Que hombres?

Era sincero. Lo supe.

Sus hijos. Los tres musculitos protectores. De tal palo tal astilla. O aún los estaban buscando o de pronto me respetaban y no pensaban volver a insistir o... David y el de Burgos habían hecho su trabajo a conciencia.

Saqué el dinero que llevaba en la cartera. Lo había cogido casi todo. Dejé el sobre en la mesa y lo abrí. Los billetes de cien y de cincuenta dólares eran nuevos, parecían recién hechos. Zarco los contempló sin entender.

—Aquí hay cinco mil dólares —le dije—. Vigile unos días, por si acaso —todavía no estaba muy seguro de si David, a pesar de todo, acabaría lo que había venido a hacer, o de si Serradell querría también el cuello de Zarco, aunque yo llamase a Juanma Sabartés para decirle que ahora había colaborado—. Pero si puede, váyase una temporada a cualquier parte. Desaparezca.

—Es mucho dinero —me dijo.

—Una cosa más —esperé a que apartara los ojos del sobre—. No sé qué pasará cuando el documento de la CIA llegue a quién tiene que llegar, pero cuando pueda, cuando todo haya pasado, aunque sea de forma anónima, localice a las familias de Laval y Sequeiros y dígales dónde enterró sus cuerpos, porque a ellos sí los enterró, ¿verdad?

Asintió con la cabeza, rendido.

—¿Por qué no me contó todo esto el otro día?

No me contestó.

Se sirvió un segundo vaso de vino y lo engulló de la misma forma.

Luego clavó sus ojos en Natalia, se sirvió un tercero y brindó en silencio por ella.

—Es usted muy guapa —proclamó.

40

Tenía cincuenta años, pero en el fondo, carecía de edad.

Y ni siquiera todas sus inutilidades le impedían estar vivo, sentirse vivo.

Cargaba un fajo de leña con los brazos. Dos brazos sin manos. Se movía rápido, con nervio, con su largo cabello gris y su barba ondeando al viento como una bandera. Por alguna extraña razón se me antojó un hombre libre, tan libre como aquellos otros hombres a los que Allende enclavó para el futuro de Chile, los que debían construir una sociedad mejor cuando abrieran las grandes alamedas.

¿Estaban ya abiertas?

Miré al cielo porque volvía a tener el nudo en la garganta.

Y por entre aquella inmensa claridad, con los Andes tan cerca que casi podíamos tocarlos con la mano si extendíamos un brazo, seguí escuchando la voz dulce de la hermana Teresa.

—...pero quería vivir. Tal vez fuese un milagro, porque en su estado... Sin embargo yo creo que fue por eso, porque deseaba seguir en este mundo, y luchó con todas sus fuerzas para lograrlo. Nosotras no hicimos mucho, le cuidamos, estuvimos a su lado...

Santiago Serradell pasó cerca de dónde estábamos, con su hato de leña sujetado con los dos brazos extendidos y apretado contra el pecho. Nos miró con su único ojo y sonrió lleno de tiernas ausencias. Vestía ropa campesina, sucia, y calzaba unas sandalias. En aquella edad indefinible que era lo primero que me había sorprendido, vi las arrugas de un tiempo y de un dolor perdidos, olvidados y enterrados en el pasado.

—...y qué podíamos hacer? —surgió de nuevo la voz de la hermana Teresa—. Estaba sordo, mudo, no tenía manos, ni razón... Si lo devolvíamos al mundo, el mundo acabaría con él, seguro. Era como un niño grande. Le quisimos de inmediato, y no sólo por sus muchos daños. Lo hablamos y aceptamos el compromiso. Pensamos que si Dios lo había puesto en nuestro camino, sería por algo. Así que le acogimos, y esperamos, y esperamos, y esperamos...

—¿Nunca quisieron saber quién era? —preguntó Natalia.

—El país vivía días amargos —la monja se encogió de hombros. Ella tampoco tenía edad. Podía andar en los 80 o 90, o tal vez sólo en los 60 o 70—. En medio de aquella confusión, sin unas huellas dactilares para identificarle, sin nada que nos diera una pista... Y en su estado, ¡Dios! —se santiguó—. Pasado un tiempo hicimos algunas preguntas pero... ¿Qué más hacer? Nos quedamos sin esperanzas. Y era tan bueno, tan cariñoso a pesar de tener la cabeza...

Loco.

Marcelo Zarco lo había dicho: "Se volvieron locos antes de..."

La extraña piedad del destino, o del cuerpo humano, o de la mente. El vacío. Ya no quedaba nada de antes.

Santiago Serradell se alejó en dirección a una puerta de madera.

—¿Cómo se llama?

—Le pusimos Jesús, porque él también resucitó de entre los muertos.

—¿Nunca se ha movido de aquí? —preguntó Natalia.

—No, nunca. Esta es su casa. Es la persona más trabajadora, capaz, buena y cariñosa del mundo, ¿sabe? Si ahora se marchara...

Nos miró asustada, imaginando que querríamos llevárnoslo, que nuestra presencia allí y nuestra curiosidad por Jesús no eran casuales a pesar de nuestras explicaciones.

—¿Ustedes saben quién es, verdad? —nos interrogó de pronto.

—Sí —dije yo.

El heredero de un imperio editorial.

El único hijo de Agustín Serradell.

Cuya vida y su razón se habían detenido en enero de 1974.

—¿Tiene familia? —continuó la hermana Teresa.

¿La tenía?

Su padre agonizaba a las puertas de la muerte, con sus tres cánceres compitiendo para ver quién se llevaba la partida, como él mismo había dicho con su socarronería de viejo a vueltas de todo, hasta de la vida.

—No —mentí—. No tiene a nadie.

Natalia se me quedó mirando.

—¿Para qué le buscaba? —la voz de la monja era una armonía.

—Se lo prometí a su madre cuando murió.

—¿Fue hace mucho?

—Sí.

—Lo siento.

Saqué el sobre de mi bolsillo. Hacía frío. Las nieves estaban tan cercanas que mis manos estaban ateridas. Había sido un largo viaje desde Santiago, hacia el norte, más de seiscientos kilómetros. Pero habíamos madrugado. Tres Puentes estaba a mitad de camino de Antofagasta, pegado a los Andes y con una única carreterita que lo unía con Copiapó. El convento quedaba a las afueras, a unos cinco kilómetros. Se conservaba bastante bien, gruesos muros, tierras de cultivo, el silencio de su paz. Era otro mundo. Cerca del cielo.

Lejos del infierno.

Le tendí el sobre a la hermana Teresa.

—La madre de Jesús me dio esto para él si un día lograba encontrarle.

—¿Qué es?

Lo abrió y se encontró con los dólares. Todo lo que me quedaba de los quince mil entregados en Barcelona descontando lo que llevaba gastado, lo poco que iba a necesitar antes de volver y lo que había dado a Marcelo Zarco o a Bertha. En total unos ocho mil dólares. Por supuesto estaban las tarjetas de crédito, sin límite, pero no quería dejar rastros. Si me llevaba diez, veinte o cincuenta mil dólares más, Sabartés y Serradell sospecharían.

—Señor —la monja tenía los ojos muy abiertos—, esto es mucho dinero.

—Es de Jesús, y por lo tanto de ustedes.

Confié en que no me dijera aquello tan típico y adecuado de que "los caminos del Señor son inescrutables". No lo hizo. Miró la puerta por la que Jesús, su Jesús, acababa de desaparecer, y se santiguó de nuevo.

—Aquí es feliz —volvió a decirme—. Muy feliz.

Estaba seguro de que así era.

41

Debíamos llevar en silencio una hora o más, desde nuestra salida del convento.

Habíamos subido hasta Copiapó para tomar allí la carretera que recorría Chile de norte a sur, el país más largo y más estrecho del mundo, atrapado entre montañas y mar. Estábamos todavía lejos de Vallenar y yo conducía con cuidado, buscando la forma de sumergirme en el tráfico y no en mis pensamientos. Sin embargo mi cabeza se había llevado un poco de la paz de aquel lugar perdido en los mapas.

—¿En qué piensas?

—En nada.

—Tú no eres de los que no piensa en nada. Siempre tienes algo aquí dentro —me puso un dedo en la frente.

—Esta vez es verdad.

—¿Estás satisfecho?

—¿Por qué?

—Viniste a descubrir algo, y lo has hecho.

—No, vine a por una tumba, y no hay ninguna tumba.

Captó la intención de mis palabras, pero se resistió a creerlas. Sentí el fuego de sus ojos buscando los míos, pero se los hurté fingiendo estar pendiente de la carretera. Ni siquiera estaba totalmente seguro de lo qué iba a hacer. O tal vez sí.

Mis intuiciones.

—¿Qué le dirás a Agustín Serradell?

—No lo sé.

—Daniel...

Le cogí la mano. La tenía caliente. Desee parar y besarla pero no lo hice. Ahora todo lo que me empujaba hacia ella también me separaba, porque mi estancia en Chile tocaba a su fin.

—¿No vas a decírmelo? —se sintió herida.

—No sé qué decirte, que no es lo mismo.

—Sí lo sabes.

—Natalia, por favor.

Retiró su mano de la mía, no como castigo, sólo para ponerse bien y acomodarse en su asiento. Después la volvió a colocar entre mis dedos. En este momento los dos nos necesitábamos. Aquel contacto era cuanto teníamos.

Transcurrió otro largo tiempo de silencio.

—Pobre chico.

¿Quién sabe lo que es la felicidad?

Una vida regalada en Barcelona, millonario. Una vida perdida en Tres Puentes, tullido y pobre. Cordura y locura.

¿En ese orden preciso?

Anochecía.

Un crepúsculo ensoñador, como el de mis primeras dos noches en Pascua. Mi moai favorito tal vez mirara en mi dirección desde aquellos 3.700 kilómetros de distancia. Su rostro seguiría impasible mientras en su cerebro de piedra las partículas de arena le producirían sensaciones. Después de todo, en un lugar mágico todo era posible.

Sonreí por primera vez en los últimos días.

Y aceleré para adelantar a un camión.

—¿No querrás llegar a Santiago conduciendo toda la noche?

—No, ¿y tú?

—Tampoco.

—De acuerdo.

—¿Alguna idea?

—¿Conoces algún lugar para detenernos, cenar y pasar la noche?

—Sí —fue un suspiro—. De Vallenar parte una carretera hacia la costa. Hay un pueblito llamado Huasco. Es muy pintoresco.

—¿Has estado en él?

—De niña, con unas amigas.

—Entonces, a Huasco —asentí.

—¿Y mañana?

Era la peor pregunta en ese momento.

El vuelo diario a España salía a las doce y veinte de la mañana. Imposible llegar a tiempo. Eso me daba otro día, y otra noche.

—¿Por qué no te quedas unos días? —la oí decir.

Ahora sí la miré.

Pero no respondí de inmediato.

"Carpe Diem".

42

Habían pasado una eternidad desde la última vez.

Una eternidad.

Miré la mansión Serradell con cierto resentimiento. La primera ocasión en que estuve en ella mi inocencia aún no había sido pervertida. En aquellas tres semanas un mundo entero había cambiado.

Algunos de mis fantasmas del pasado, removidos. Y tenía de nuevos.

Guardé el periódico bajo el brazo. La portada era impactante: "EL JUEZ GUZMAN PROCESA A PINOCHET POR HOMICIDIO". Estábamos a sábado, 2 de diciembre de 2000.

La lucha continuaba.

El viejo Puma seguía cayendo despacio, muy despacio, a cámara lenta, pero caía.

Manteníamos la esperanza.

—Señor Ros.

Miré la mano extendida de Juanma Sabartés. Vacilé en estrechársela. Era tan ejecutor como David. Finalmente lo hice. No sé por qué, pero lo hice. De alguna forma, el último acto de la historia aún no había sido escrito.

Iba a escribirlo yo en los próximos minutos.

—¿Tuvo un buen vuelo?

—Sí.

—El señor Serradell le recibirá inmediatamente.

Entramos dentro y caminamos directamente hacia el invernadero. Antes de llegar hasta el recinto, el secretario personal del viejo millonario me dijo:

—El señor Serradell está peor. Es como si de pronto hubiese llegado al final del camino, como si se hubiese dejado llevar. No le fatigue demasiado.

Dejado llevar. Venganza cumplida.

¿Podría descansar en paz?

—Escuche, señor Ros —Juanma Sabartés se detuvo en mitad del pasillo y me miró desde una enorme distancia que intentó acortar con el calor de sus palabras—. Es necesario que sepa...

—Después, señor Sabartés, después —le detuve en seco.

Suspiró agotado. No insistió. Descubrí una vez más aquella extraña vulnerabilidad: la del perro que adora a su amo. Juanma Sabartés era el más fiel de los servidores, una lealtad que el dinero no compraba, sino otros vínculos y lazos imposibles de definir. Debía querer mucho a Serradell, y respetarle. La admiración del poder. Pero también vi miedo en sus ojos y no supe entender el motivo.

Volvimos a andar, y llegué a mi destino casi de inmediato. Mi compañero me abrió la puerta del invernadero esterilizado y mantenido a temperatura estable en el que permanecía Agustín Serradell confinado frente a sus monitores. Era como ver la propia muerte en directo. Cada pulsación, cada oscilación, cada cambio quedaba registrado allí, titilando ante sus ojos cada vez más empobrecidos y debilitados. La cuenta atrás estaba en marcha.

El hombre movió apenas la cabeza al notar nuestra presencia. Seguía con el brazo derecho inmovilizado a causa de la cánula que se lo conectaba con el gota a gota. Pero ésta vez ya no pudo alzar la mano izquierda para tendérmela. Me miró con sus ojillos cansados. Había envejecido diez años más en aquel breve lapso de tiempo.

Para él, demasiado. Un gran salto.

—Daniel... —balbuceó.

Juanma Sabartés me dirigió una última mirada. Era de súplica. Fingí ignorarla. Se retiró sin decir una palabra.

Su sombra se perdió en el exterior de aquel universo acotado por los latidos del corazón que menguaba con cada uno de ellos.

No había desayuno en la mesa, pero sí una cinta de vídeo. Y sabía lo que contenía. No había nada en aquel espacio salvo la silla en la que yo debía sentarme pero que no ocupé. Me quedé de pie frente a Serradell. Por mi cabeza pasó casi todo: Santiago de Chile, el Cuatro & Diez, Jara, Zarco, Bertha, Valparaíso, Neruda, Acevedes, su esposa, su hija, Pascua, mi moai, Reinosa, la cárcel, David, Santiago Serradell.

Y Natalia.

Siempre me quedaría ella.

No dije nada. Esperé a que lo hiciera Agustín Serradell.

—Daniel, si está enfadado... lo siento.

—¿Lo siente?

—Hizo un buen trabajo, hijo.

—Fui su liebre.

—Vamos, vamos —me miró con ojos implorantes—. Cazamos algo más que un zorro. ¿No me diga que ese asesino le inspiró piedad?

—No se trata de eso —¿cómo explicárselo? Había vivido toda una vida sin su único hijo, alimentando todo aquel odio. Toda una vida hasta llegar al estallido final a las puertas de la muerte—. No, no se trata de eso —señalé la cinta de vídeo y agregué—: ¿De verdad compensa ver eso?

—Usted no lo entiende —jadeó.

—Yo también tengo un hijo.

—Entonces...

—¿Por qué no se limitó a matarle?

Seguía viendo a Osvaldo Reinosa destrozado. Ojo por ojo. Diente por diente.

—Daniel... —volvió a decir, como si el no poder convencerme le doliera.

—¿Y Zarco?

—Está bien. No le ha pasado nada. Se lo juro. Sabartés me ha dicho lo que usted le contó: que fue Reinosa y que Zarco colaboró contándole la verdad y que no tuvo nada...

—Hay algo más.

—¿Sí? —frunció el ceño.

—Usted me mandó para que averiguara qué le pasó a su hijo y dónde estaba enterrado, ¿lo ha olvidado?

—No.

—El qué ya lo sabe —apunté a la cinta de vídeo con la muerte de Reinosa filmada—. El dónde me lo dijo Zarco. Fue el precio de su vida.

Logré disparar sus indicativos. Los monitores se volvieron locos. El espacio se llenó de "bip-bips" y de "ziu-zius" mientras un montón de números daban saltos en las pantallas, todos disparándose hacia arriba. Temí que un enjambre de médicos apareciera allí saliendo de la nada. Pero los debía tener bien advertidos. O tal vez fuese que aquella conversación la estábamos manteniendo en privado, sin oídos ajenos.

—Nunca creyó que lo consiguiera, ¿verdad? —le pregunté.

—Claro que sí.

—¿Seguro? Yo pienso que no, que se imaginó que ellos no dirían nunca nada, para no incriminarse. Además, lo esencial era la venganza, matar a Reinosa. Lo de la tumba casi era secundario.

—Daniel, por Dios...

Temí que fuera a sufrir un ataque.

Vi a su hijo en mi mente, con sus cincuenta años de edad, su cabello blanco, su barba, sus sandalias, su ropa sucia, sus manos amputadas, su sordera, su mudez, su sexo cercenado, su ceguera parcial. Le vi de una forma como él jamás le vería ni imaginaría. Toda la piedad que había almacenado desde el momento de conocerle en Tres Puentes se me hizo firmeza y seguridad.

Ya no tuve ninguna duda.

Y no lo hice por Agustín Serradell. Lo hice por su hijo Santiago.

Y más por Jesús.

—Su hijo fue arrojado al mar, señor Serradell. No hay ninguna tumba. Zarco lo llevó a alguna parte, un aeropuerto o algo así, le metieron en un helicóptero ya muerto, y se convirtió legalmente en un "desaparecido". Lo siento.

El viejo millonario cerró los ojos.

Se dejó envolver y arropar por una calma desconocida hasta ese instante, como si el final del camino se hubiese aparecido en su mente por primera vez tras un recodo cerrado.

Suspiró.

—¿Sabe lo que puede llegar a pesar el silencio, Daniel?

Lo sabía.

Mucho.

Demasiado.

El peso del silencio era el peso de todos los desaparecidos en Chile, y en Argentina, y en Guatemala, y en Colombia, y en tantas guerras olvidadas con su eterna multitud de muertos a cuestas. Un peso infrahumano. El peor de todos. El de no saber. El de no entender.

Agustín Serradell seguía con los ojos cerrados, respirando con fatiga. Le dejé el periódico, que seguía bajo mi brazo, sobre la mesa, con aquel titular tan lleno de esperanza bien visible:

"EL JUEZ GUZMAN PROCESA A PINOCHET POR HOMICIDIO".

No me despedí. No era necesario.

Agustín Serradell, de hecho, ya no estaba allí.

43

Juanma Sabartés me esperaba fuera.

Sabía que había escuchado toda nuestra conversación. Él sí.

Se me quedó mirando con un brillo especial en los ojos. El brillo de su propia paz. Ya no vi restos del miedo anterior. Acabábamos de cerrar un círculo. Agustín Serradell estaba dentro, nosotros al otro lado. Me es difícil explicar la emoción que estalló en su voz al decirme:

—Gracias.

No le entendí.

O puede que sí.

Tal vez lo hubiera sabido desde el primer momento, pero quisiera seguir engañado.

—¿Gracias?

—Por no contarle al señor Serradell la verdad.

La verdad era única y simple.

Y sólo la sabíamos Natalia y yo.

Natalia.

Se me hizo un enorme vacío en la cabeza. Mi mente se quedó hueca. Natalia se alejaba por su espacio después de habérmela llenado. Ni siquiera me sentí engañado. No por ella. Me lo dijo desde el primer día: independencia, libertad, ambición.

Después de todo, era una buena periodista.

La culpa era mía.

Tenía que haberlo comprendido.

—Todo estaba bajo control, ¿no es así?

—Ella sólo me informaba.

—Por si yo no lo hacía.

—Señor Ros —me puso una mano en el brazo—, Agustín Serradell es un hombre admirable, excepcional. Con él desaparece una historia, un mundo, una filosofía. Cuando muera caerá el telón.

—¿No me diga que usted será el heredero?

—No, no, no piense que lo hice por eso —mostró cansancio, como si la sola duda fuese peor que el cáncer que devoraba a su amo—. Daría la vida por ese hombre —señaló hacia el invernadero—. Su fortuna tiene como destino algunas Fundaciones además de la que llevará el nombre de su hijo, algunas ONG's, un museo y un hospital en su pueblo... Lo clásico. Lo único importante era que muriese en paz. ¿Cree que lo haría si supiese que su único hijo vive y es un desecho humano? ¿Quiere mayor castigo para un hombre? Si no se lo ha dicho es porque opina como yo.

—No lo he hecho por él —manifesté—. Lo he hecho por Santiago Serradell, para que le dejen en paz a él.

Parpadeó una, dos veces.

—Me ocuparé de que ese lugar reciba una suma de dinero que sirva para...

—¿Quería hablarme de eso al entrar?

—Sí.

—¿Para pedirme que no se lo contase?

—Sí.

—¿Por qué no ha insistido?

284

—Usted no me ha dejado.

—¿Ha sido sólo por eso?

—Y porque es usted honrado, señor Ros. Tiene corazón. Me he dado cuenta de que no hablaría.

—Me escogieron bien.

—Señor Ros...

Quería irme de allí. Necesitaba respirar el aire puro de aquella mañana de diciembre prenavideño, con las calles de Barcelona ya engalanadas con sus luces.

Juanma Sabartés me detuvo.

—Si escribe ese libro, espere a que Agustín Serradell esté muerto. No falta mucho.

—No voy a escribir nada, y creo que también lo sabe.

—Debería hacerlo. Se lo ha ganado.

—La historia termina aquí. Se acabó.

Me alejé un par de pasos de él.

Volvió a llamarme.

—Tengo un mensaje de Natalia Bravo para usted.

Me detuve y le miré desde todas mis distancias.

Esperé.

—Me pidió que se lo dijera cuando se fuera, después de hablar con el señor Serradell —dijo Juanma Sabartés.

—¿Y cuál es?

—Que todo fue verdad, y que lo siente.

Todos teníamos un papel en el Gran Circo de marionetas de Agustín Serradell. Algunas incluso sin hilos.

Pero Natalia sabía que eso, justamente eso, era lo único que podía darme, al menos, el dulce y sosegado equilibrio de la paz.

Así que cuando salí de la mansión Serradell y entré en el Mercedes para que el chofer me llevase de vuelta a mi casa, sonreí mientras cerraba los ojos y me envolvía en su recuerdo.

A GRITOS

Los muertos gritan
más que los vivos.
Los muertos no tienen miedo.
Los muertos no callan la verdad.
La desnudan con sus huesos quebrados.
Fluye por los agujeros de bala
de sus cráneos vacíos.
Los muertos viven el peso del silencio
y esperan.
Esperan el nuevo grito de los vivos
que los libere
y les dé paz,
justicia,
mientras duermen,
sueñan,
despiertan,
y siguen gritando,
gritando,
gritando.

Jordi Sierra i Fabra
(Escrito en el bar Cuatro & Diez, Santiago de Chile, la noche del 4 de junio de 2000).

Agradecimientos

En primer lugar, a Santillana SA y Ediciones SM, que me enviaron a Chile por primera vez en junio de 2000.

Y gracias a todas las personas que, directa o indirectamente, colaboraron allí en la preparación de esta novela:

A Andrea Viu Saphores, de Alfaguara, por ser mi ángel y por proporcionarme mapas, planos y datos; a Sergio García-Reyes, de SM, por sus lecciones de chileno; al personal de Santillana y SM en Chile por sus atenciones y su amabilidad haciéndome sentir como en mi casa; a Xavier Gómez Bravo por ser mi guía en Santiago y llevarme a La Moneda a cumplir con mi destino; a Zayda Cataldo, jefa de prensa de la Feria del Libro Infantil y Juvenil de Santiago, por cuidarme cuando estuve enfermo y llevarme a recuperar mis orígenes al Cuatro & Diez; a todo el personal de la propia Feria por su entusiasta entrega, comenzando por Maritza Estrada, su alma; al Cuatro & Diez y a Marcelo Ricardi por aquella noche y aquellas canciones llenas de libertad (el fragmento del tema "Er Che", incluido en el capítulo 12, pertenece al CD "Nada perfecto" que me dedicó el propio Ricardi); a los grupos de música chilenos que aparecen en el capítulo 23 y muy especialmente a Tito Escárate, que me los hizo conocer; a la Fundación Pablo Neruda (siento haberme llevado una de las hojitas explicativas del "Bar" en la casa-museo de Pablo en Valparaiso para hacer este libro, y cuyo fragmento inicial reproduzco en el capítulo 24); a la Fundación Víctor Jara; al Informe Rettig; a los medios de comunicación chilenos, especialmente a La Tercera, El Mostrador, El Metropolitano y El Mercurio; a las gentes de la Isla de Pascua, en especial a la dueña del restaurante que me contó todas sus historias y cuyo nombre olvidé preguntar, a mi camarera Ory, mis guías y demás amigos ocasionales; y por supuesto a todos los desaparecidos por la dictadura, sus familias, los que luchan, los que esperan y a los que aún creen en sueños, en la justicia y el futuro. Gracias también al juez Baltasar Garzón por poner la primera piedra en un increíble castillo de arena, frágil pero firme, y al juez Juan Tapia, por mantenerlo en pie por lo menos hasta el momento de escribir este libro.

Todas las informaciones y datos relativos al largo proceso al dictador Augusto Pinochet Ugarte los he tomado, desde su inicio, de El País, El Periódico, La Vanguardia, Avui y un gran número de medios de comunicación, sin olvidar Internet o diversos programas documentales de televisión emitidos por TV3 y TV1. Gracias a Patricia Verdugo por el valor de escribir "Los zarpazos del Puma" y a los que hicieron películas indispensables para la historia y las futuras generaciones como "La batalla de Chile".

Este libro está dedicado a Víctor Jara, Pablo Neruda y Salvador Allende. Los tres representan lo que significó el golpe de Estado del 11 de septiembre de 1973: la muerte de las palabras, la muerte de las ideas y la muerte del pueblo.

Aunque sólo fuese temporal. Una vez más.

Santiago de Chile, Valparaiso, Isla de Pascua,
Varadero, Barcelona y Vallirana, Junio de 2000-Abril de 2001.

Serie Daniel Ros

El asesinato de Johann Sebastian Bach

CUBA. La noche de la jinetera

El peso del silencio

Made in the USA
San Bernardino, CA
26 July 2018